CADART & LUCE Édit. Imp.

COTILLON AUX TUILERIES.

# AVANT LE DÉLUGE

Paris. — Imprimerie Jules Bonaventure,
55, quai des Grands-Augustins.

AVANT

# LE DÉLUGE

PAR

JEAN DOLENT

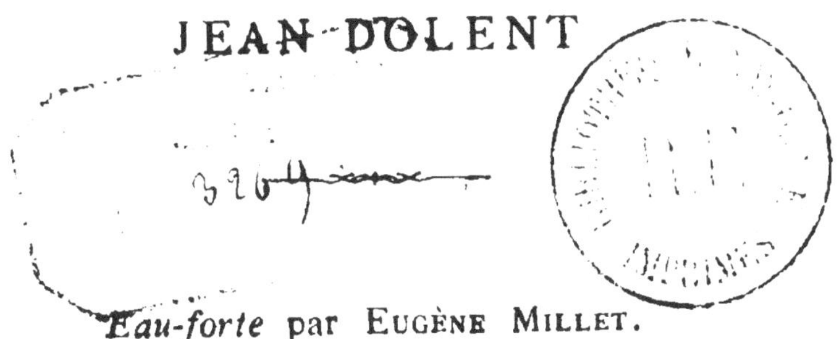

*Eau-forte* par EUGÈNE MILLET.

PARIS

COURNOL, ÉDITEUR

Rue de Seine, 20.

1871

# I

## LES BONNES FARCES

### DU TEMPS PRÉSENT (1).

1868 — 1869

On joue dans un petit théâtre *Pierrot parlant*.

Oui, Pierrot parle.

On savait bien qu'il n'était pas sourd, mais on le disait muet.

Muet sous le bâton, oui.

Pierrot muet, ah !

Il parle, il parle beaucoup, il parle mal

(1) *Les bonnes farces du temps présent* ont paru pour la première fois dans le journal la *Démocratie*.

même : il a si longtemps gardé le silence.

Pierrot était si répugnant, tellement plat, à ce point avili et d'une si complète lâcheté, qu'on a cru pouvoir lui rendre la parole sans risques. Son immoralité était rassurante : il était ouvrier de tout bas métier, valet de la valetaille. Rien à redouter de ce côté-là. Il ne se servira pas de la parole pour bien faire. Qu'il parle. Les honnêtes gens sont seuls dangereux.

Là, franchement, il avait tous les vices. Pierrot ; il était haineux, sensuel, ingrat, ivrogne, brutal, Pierrot, au temps où il était muet.

Et plus encore, naïf peut-être.

Le niais croyait aux serments ; aussi a-t-il été assez dupé !

Il était méchant ; je le crois bien : quand il avait raison, il ne pouvait obtenir de se faire rendre justice. Il avait le geste prompt ; je le crois bien : on lui avait lié la langue. Aujourd'hui, s'il fait fausse route, il peut demander son chemin. Toujours battu, il était devenu mauvais, je le crois bien. Maintenant, qu'on le touche! Il était ivrogne, c'est-à-dire il buvait double au lendemain des jours où il avait souffert de la soif, cela est vrai; il était blême, ce ventre-creux, ce qui est déplaisant à l'œil. Sa nourrice manquait de lait, sa mère manquait de pain. Après les longs jeûnes il dévorait, le glouton, cela est vrai.

Ah! que Pierrot imitait bien l'allure des gens repus! Regardez triturer ces goinfres; ils bâfrent les bons morceaux; la viande est juteuse et mollette. Ah! quelle allégresse! ils mangent. Un moment d'arrêt. Ils mangent, puis ils n'ont plus faim. Instant mélancolique. — Encore cette aile de faisan? — Non, l'estomac est plein. — Quoi, déjà! quoi, sitôt! — Cette mauviette? — Non. — Au moins ce biscuit imbibé de vin d'Espagne? — Impossible. — Hélas! hélas!.. Alors ils geignent : ah! la tête! Ils souffrent : oh! le ventre! Les sueurs viennent, le frisson suit, les dents claquent, les yeux pleurent. Ah! les belles larmes! Cruel moment. — Faudra-t-il donc étouffer à l'heure où l'on soupe! — Faudra-t-il donc que l'on m'enterre à l'heure où l'on déjeune!

Le délicieux spectacle! Mais dans un jour de représentation extraordinaire. pour voir Cassandre crever sur place, on aurait bien donné deux sous de plus.

Que Pierrot, — de souvenir, — peignait bien les tortures de la faim! La langue devient sèche, la peau grise et terne; aux tempes des plaques jaunes, des taches vertes sous les yeux. Les affamés ont de beaux yeux doux et profonds. Il passe parfois des éclairs de colère dans ces beaux grands yeux-là! Sous le poids léger de la pauvre maigre échine, qui le croirait! les jambes fléchissent. Il y a des périodes aigües et des périodes d'engourdissement. Au sommet de la tête un battement régulier, continu, fait beaucoup souffrir. On est très-long à mourir, allez ! On est moins mal couché que debout : on se couche; mais on ne peut pas dormir. On est tout faible, tout étourdi.... on n'a plus d'idées très-nettes... on se dit : Il y a soixante-douze heures que je n'ai mangé! Puis on répète machinalement, mollement, d'une voix dolente : soixante-douze heures!... soixante-douze... On s'affaisse, on se ranime; un peu de patience encore... enfin on meurt!

Pierrot était bien amusant.

Il aura d'autres plaisirs, il arrachera pièce à pièce l'habit d'Arlequin pour voir s'il y a un homme sous l'habit bariolé. — Je parie que oui. — Je parie que non.

Il fera tomber, non pas les têtes, les perruques.

Nous allons donc rire. O farceurs, mes amis, qui avez charbonné sur la porte de son palais la caricature du dernier fuyard couronné, vous avez préparé la besogne des enfonceurs de porte !

Rire mène à démolir.

Un moyen restait de nous rendre du goût pour la pantomime : il suffisait de chamarrer la poitrine et de glisser un portefeuille sous le bras d'Arlequin ; il suffisait d'accrocher un grand sabre ébréché au côté de Cassandre ; alors on aurait pris intérêt aux coups de pied qu'ils reçoivent. Quelle revanche ! au moins le droit et la justice auraient eu ce théâtre de dix pieds de large ; ce n'est pas trop demander, je pense.

N'importe, nous aurons une belle page dans l'histoire, il y sera dit : les temps ont été mauvais pour les libres penseurs ; on a emprisonné ceux-ci, fait taire les autres ; mais, ô mes amis, et cela est un titre de gloire, on a laissé parler Pierrot.

15 novembre 1868.

## II

Deux hommes causaient; l'un dit :

— Tu es né pour obéir, comme je suis né pour commander.

L'autre dit :

— En 1789 mon grand-père avait trente ans. C'était un ouvrier des faubourgs, un rude homme, disent les camarades. Seulement il n'avait pas eu le temps d'aller à l'école : à huit ans il poussait la navette : il faut bien manger ; moi je dis : il faut apprendre aussi.

Mon grand-père a été de toutes les fêtes de ce temps-là : la mort du roi, la mort de la reine...

Ces jours-là grande joie aux faubourgs. On s'appelait, on s'attendait, on s'interrogeait : — Voisin, c'est l'heure de partir. — As-tu vu la liste? — Oui. — Eh bien? — On guillotine aujourd'hui deux chevaliers de Saint-Louis. — Peuh ! — Un marquis. — Ah ! — Un duc. — Oh ! oh ! — Et deux femmes. — En route !

Puis le grand jour arrive :

— Eh ! eh ! on guillotine le roi sur la grande place. — J'y vais, dit la femme.

Autre réjouissance :

— Eh ! eh ! aujourd'hui on guillotine la reine là-bas. — J'y vais, dit la femme, et j'emmène le petit.

Et pour voir tomber les têtes des belles jeunes femmes, mon grand-père était toujours rasé de frais.

Il était galant, le grand-père.

Le jour de la mort de madame Roland.

il était au premier rang des curieux. Une femme forte, Mme Roland, mais une femme : en mourant elle pardonnait à Robespierre qui l'envoyait à l'échafaud, et elle gardait rancune au *père Duchêne*, qui l'avait appelée « vieille édentée. »

Le 10 août c'est mon grand-père qui a tué le plus de Suisses. Et c'est bien lui qui étrangla le boulanger, celui qui avait refusé de donner du pain. Il est vrai qu'il n'en avait point. Oui, c'est mon grand-père qui a tué le boulanger ; il ne s'en vantait pas ; il n'avait pas d'orgueil, le grand-père.

Ce n'était pas un homme méchant, mais il était sans jugement, brutal, ignorant, ignorant surtout. Il aimait cela, voir le sang couler. On lui disait de frapper et il frappait ; il tuait plus facilement un homme qu'il n'entendait une bonne raison. On ne lui avait pas appris à penser.

Mettre la tête sous le couperet, ce n'est rien : on meurt, voilà tout. Et voir ainsi mourir, c'est un moins triste spectacle que de voir vivre les malheureux qui grouillent dans les bas-fonds. Travailler fort, mal manger, être mal vêtu, mal logé, ce n'est rien, non, rien ; mais être abruti, dépravé, avili, et avoir par lueurs la conscience de cet abaissement, quel supplice !

En société mon grand père avait toujours à conter des choses agréables à entendre ; il savait le petit nom du bourreau ; le juron favori de Couthon, il le connaissait.

Il était aimable, le grand-père, il plaisait.

Et s'il plaisait, c'est qu'il était très-gai. Le jour de la prise de la Bastille, on a dansé, on a chanté, et mon grand-père était là ; il riait à faire peur.

Pour voir guillotiner Danton, mon grand-père a joué des coudes ; il était là et il applaudissait : il ne savait pas reconnaître ses meilleurs amis, le malheureux !

Cependant, quand il a vu Robespierre

sur la charrette, ça lui a fait quelque chose au grand-père ! il ne voyait pas bien clair en lui-même, mais il était remué.

Ces hommes, ces grands conquérants, ils avaient bien travaillé pour nous, pour nous les dédaignés, les mal partagés ; ils avaient fait leur œuvre. Il vient donc un moment où les armées, la police et les pièces de cent sous sont sans pouvoir ? Oui, il vient, ce moment. Les grands bienfaiteurs du peuple ont frappé fort sur l'ennemi commun ; ils ont frappé fort, voulant marcher vite, ces impatients sublimes.

— C'étaient des buveurs de sang, dit l'autre.

Le premier reprit :

— Le 18 brumaire, le jour du coup d'État, mon père avait dix-huit ans. L'empereur Napoléon Ier aimait beaucoup les voyages : mon père a donc beaucoup voyagé, et il aimait à conter ses impressions de voyages. C'était un grand ignorant aussi, mon père. Son récit était une sorte de mémorial familier. L'empereur lui a fait voir du pays, mais c'était un guide qui laissait ses compagnons de route par milliers, ceux-ci dans les fossés, ceux-là dans la rivière, un peu partout. Deux voyages avaient laissé une trace profonde dans la pauvre tête de mon père. Le voyage en Espagne ne lui avait pas donné de satisfaction. Les belles Espagnoles avaient serré les castagnettes et accroché les tambourins; amoureuse, une Espagnole n'a pas peur d'un homme; en colère, elle n'en a pas peur non plus.

Il parlait aussi souvent, mon père, du voyage en Russie. Il y était allé, ce qui est assez commun; mais il en était revenu, ce qui est un rare avantage. En Espagne, où il avait trop chaud; en Russie, où il avait trop froid, mon père criait, criait toujours, Vive l'empereur ! Vive l'empereur !

Il n'avait peur de rien; ni de personne : il avait souffert tous les maux sans mourir : une balle dans le ventre, il marquait le pas. Il aimait les beaux uniformes, les chapeaux à plumes, les croix, les revues, les batailles. On lui disait, Marche ! et il allait ; Tue ! et il tuait. C'était un bon soldat, mon père.

— C'était un brave, dit l'autre. Il a escorté nos aigles de capitale en capitale, il a fait parvenir le nom de la France jusqu'aux confins du monde.

— C'était un brave, oui, mais on n'est digne de son père qu'à la condition de ne pas lui ressembler. Moi, je sais lire.

— Tu menaces !

6 décembre 1868.

## III

Après avoir vu jouer au théâtre de l'Athénée *les Horreurs de la guerre* et avoir ri, regardons autour de nous, jugeons des « plaisirs de la paix » et essayons de rire.

Se préparer à la guerre, « voilà les plaisirs de la paix. »

Mais dans un temps prochain, voici ce qui se passera :

Au lendemain d'un grand acte de raison, au lendemain par exemple de la proclamation de la république en Espagne, les Italiens, les Français qui croient en cette forme de gouvernement se feront naturaliser Espagnols.

Et cet exemple sera suivi.

Ce jour-là on aura reconnu une grande vérité. C'est l'amour du sol natal qui nous perd. Où mon père a souffert, est-il utile que mon fils pâtisse ? Où j'ai mal vécu. Est-il sage que je veuille mourir?

Pourquoi se fixer à jamais où l'on étouffe? pourquoi rester où il fait noir?

En ces temps heureux, ils feront le tour d'Europe, les bons compagnons.

Ce sera le temps de la libre concurrence.

Pour être puissant il faudra être juste. Les souverains seront en lutte : une grande lutte pacifique. Le czar rendra la vie à la Pologne ; au czar la reine Victoria fera réponse, et l'Irlande renaîtra. L'empereur Napoléon marchera sur leurs traces : nous avons déjà le droit de prendre la parole. nous aurons le droit de parler.

Aucun souverain ne voudra se laisser distancer.

On ne cherchera plus à conquérir des cités, mais des citoyens : ce sera une émigration permanente.

Heureux l'homme nomade !

Autour des gouvernants les plus éclairés se grouperont les gens sensés de tous les pays.

Au lendemain d'un acte arbitraire, il se fera un grand déplacement d'hommes.

— Nous sommes opprimés, traversons ce ruisseau, allons de l'autre côté de ces monts.

Ce va et vient fondra les races, effacera les haines.

Alors, sans perdre une bataille, un pays pourra commencer comme la France de 1789, pour finir comme la Rome moderne.

On changera de pays ainsi que l'on change de logis ; on émigrera ainsi que l'on déménage.

— Vous lisez mes lettres, je pars.

— Vous forcez ma porte; je vous quitte.

— Je n'aime pas le bruit des cloches ni le bruit du tambour; adieu.

— Vous prenez mes amis au collet: bonsoir.

Alors on changera de gouvernants comme on change de boulanger.

— Vous vendez à faux poids: je vais chez le voisin.

Et sans se plaindre, chacun se mettra en route.

O Espagnols mes amis! rendez-vous dignes de retenir ceux qui iront goûter de votre cuisine.

Un avis:

On dit chez nous: Sa Grandeur Mgr Darboy, Son Excellence M. Rouher, Sa Majesté l'Empereur.

Dites, vous: Sa Majesté le *Droit;* Son Excellence la *Justice;* la Souveraine auguste la *Liberté*.

Et soyez les courtisans de ces grandes puissances.

O Espagnols mes amis, je puis encore aujourd'hui vous adresser la parole; je me hâte. Je songe que demain peut-être vous serez des républicains, et cela me rappelle à l'humilité; il ne nous est pas permis de donner des conseils aux donneurs d'exemples.

20 décembre 1868.

# IV

Trois valets causaient aux Tuileries, sur le tard, entre deux portes. Ainsi que nous faisons nous-mêmes, ils causaient librement, — à voix basse. Ils grisent, les propos d'après minuit.

De ces trois valets, le plus vieux, un ancien légitimiste, avait servi Louis XVIII et Charles X ; le second, d'âge moyen, un ancien orléaniste, avait servi Louis-Philippe ; le troisième valet, le plus jeune, était républicain et n'avait servi personne.

Le vieux valet. — J'ai souscrit pour le monument de Berryer ; lisez la liste de l'*Union* : un anonyme, 5 francs. Hélas ! il ne verra pas le triomphe de la bonne cause, notre Berryer !

Le valet entre deux ages. — J'étais cuisinier à bord d'un vaisseau du prince de Joinville. En voilà un prince ! un prince qui jure et qui se bat bien ; un prince que le canon a rendu sourd. Qu'ils m'en montrent donc un pareil !

Le jeune valet. — Alors, pourquoi tous les deux avez-vous changé de maîtres?

Les deux valets. — Hum !

Le jeune valet. — Manquiez-vous de pain ?

Les deux valets. — Nous manquions du superflu.

Le jeune valet. — Pouah !

Le vieux valet. (dédaigneux) — Tu me fais pitié !

Le valet entre deux ages (doucement). — Il est encore si jeune !

LE VIEUX VALET. — Jeune homme, conte-nous quelque chose.

LE JEUNE VALET. — Je vais vous dire une page de notre histoire.

LES DEUX VALETS, effrayés.—Non, non, pas ici.

LE VIEUX VALET. — Si nous disions du mal du maître?

LE VALET ENTRE DEUX AGES. — Ouais! on pourrait nous entendre.

LE VIEUX VALET. — Alors, disons-en du bien.

LE VALET ENTRE DEUX AGES. — A quoi bon! peut-être ne nous écoute-t-on pas.

LE VIEUX VALET. — Parfois, j'ai des retours vers le passé. Alors je piétine sur les plates-bandes et je flanque des coups de pied au levrier favori.

LE JEUNE VALET. — Vous n'avez donc pas changé d'opinion?

LES DEUX VALETS. — De livrée, oui; d'opinion, non.

LE VIEUX VALET. — On peut s'embrasser sans s'aimer; les soldats se battent bien sans se haïr.

Le valet entre deux ages—C'est vrai.

Le vieux valet. — Je ne suis pas un ingrat. La légitimité m'a fait bien déjeuner et je lui en ai su gré; les Orléans m'ont fait bien dîner, je leur en fus reconnaissant; aujourd'hui...

Le valet entre deux ages. — Allons souper. (Ils rient.)

Le jeune valet. — Ah fi !

Le vieux valet. — Je ne suis la dupe de personne; je les ai vus de près, vos rois ! Louis XVIII, un auteur comique qu faisait bâiller et un roi qui faisait rire. Charles X, « un grand chasseur » qui manquait le gibier, « un grand roi » qui fuyait devant le gibier. Que l'on ne me parle pas de ce faux bel homme.

Le jeune valet. — En voilà assez des maîtres partis. Et les nouveaux maîtres?

Le vieux valet. — Je sais bien des choses...

LE JEUNE VALET. — Dis-les, et je te prête la dernière *Lanterne*.

LE VIEUX VALET. — Je les dirai.

LE JEUNE VALET. — Quand?

LE VIEUX VALET. — Plus tard.

LE JEUNE VALET. — Bientôt?

LE VIEUX VALET. — Qui sait!

LE JEUNE VALET. — Moi, je ne suis pas valet à cœur joyeux, allez! J'aspire à être libre; déjà je raisonne, c'est bon signe. Je me prépare, je suis prêt. Les temps heureux reviendront et j'aiderai à ce qu'ils reviennent; je suis un homme.

LES DEUX VALETS. — Chut!

LE JEUNE VALET. —Je connais mes droits.

LES DEUX VALETS. — Te tairas-tu!

LE JEUNE VALET. — Je connais l'histoire de mon pays; chaque jour je m'instruis. Je sais qu'à l'anniversaire de Décembre 1851, il y a des gens qui dorment d'un sommeil mauvais; c'est qu'il y en a depuis ce jour-là qui dorment le dernier sommeil!

Le vieux valet. — Des bêtises !

Le valet entre deux ages. — Des sensibleries !

Le jeune valet. — Je sais cela, et je sais bien d'autres choses encore.

Le vieux valet. — Jeune homme qui n'aime pas nos maîtres, au moins montre-leur quelque respect, sinon !. .

Le jeune valet. — Je les écoute sans pleurer, je peux bien les regarder sans rire.

24 janvier 1869.

# V

J'aime à parler des jours gras en carême. On peut rire dans tous les temps, on peut rire en ce temps ci, oui. Écoutez les journalistes officieux :

— Ami démocrate, tu n'as pas de programme.

— Tu crois ?

— Connais-tu donc le moyen de te rendre libre ?

— Oui.

— Ami démocrate, dis-moi par quelle

porte tu penses t'échapper, que je la mure ; quel barreau tu veux arracher, que je le scelle.

— Malin !

Je suis allé au bal de l'Opéra, et un doute m'est venu ; je crois que ces lurons et ces luronnes au franc parler ne sont point ce qu'ils paraissent être. Je crois que les gens « de haute volée » viennent se délasser là. On a de gros mots à dire, à la mi-carême on se purge.

Les hommes politiques y sont en grand nombre. Il y a des gens qui parlent, qui parlent ! des députés de la majorité, je pense : on ne peut pas toujours se taire. Être coudoyé, tutoyé, rudoyé, cela est bon. Les hommes d'État sont à leur aise sous le masque, ils sont joyeux ; ils ne sont pas méprisés, je veux dire qu'ils ne sont pas reconnus.

Le cérémonial fatigue, les convenances assomment, le respect coûte. Pouvoir retirer sa culotte courte, quelles délices !

Il y a de ces hommes d'État qui réussissaient très-bien le cavalier seul. Pourquoi pas ! Ils ont passé par la République et ils ont oublié, c'est vrai ; mais ils ont aussi passé par Bullier et ils se souviennent.

Oui, des hommes d'État à l'Opéra. Une femme tenait un miroir, quelques masques s'y regardaient, d'autres n'osaient pas s'y voir.

Autre preuve. Un homme passait qui avait un faux nez. Quelqu'un lui dit : « Je te connais, beau masque. » J'ai vu l'homme rougir.

Il y avait aussi des journalistes. Sous le masque passait une barbe noire au poil rude ; deux gros yeux ronds trouaient le carton ; deux fortes mâchoires se desserrèrent.

— Que la marche funèbre de Chopin soit jouée sur un ossuaire : chaque touche du clavier un os de mort. Quel divin bruissement sépulcral ! Ah ! jouer aux boules avec la tête de Cassagnac et celle de Jérôme David, avoir la tête de Darimon pour cochonnet, quelle joie! Battre du tambour avec les tibias de Duvernois, ah!

Il y avait des rimeurs mélancoliques :

— O poëte! pourquoi traînes-tu donc les pieds?

— Je ne suis pas sûr de mes semelles.

J'écoutais les masques, j'écoutais les musiciens.

A l'Opéra le vieux Musart faisait autrefois tirer le canon dans l'orchestre; Strauss ne l'imite point; aujourd'hui on ne ferait pas bisser ce quadrille-là.

Si je disais les noms de tous les personnages politiques que cette nuit-là j'ai vus à l'Opéra, on serait surpris. Et tenez, Clodoche, l'illustre Clodoche, le chef de la bande, je l'ai vu de près. Devinez qui j'ai cru reconnaître?

7 Mars 1869.

## VI (1)

On peut voir au-dessus d'une des portes du nouveau Louvre, entre les pavillons de la Trémouille et de Lesdiguières, un grand bas-relief de bronze vert sur un fond de marbre blanc, l'empereur Napoléon III, lauriers au front et sceptre en main, en tenue d'apothéose.

En bronze, soit.

L'auteur de cette médiocre cantate est le statuaire Barye. Peut-être a-t-il été

(1) N'a pas été publié.

tenté de laisser là son auguste modèle et de retourner à ses lions.

Le César de bronze est à mi-chemin de deux monuments significatifs : cheval et cavalier tournent dos et croupe au *Génie de la Liberté,* ils vont vers *l'arc de triomphe*. Le cheval marche à petits, tout petits pas.

A l'heure où les frères de lait du souverain touchent à la vieillesse, on a sagement placé Napoléon III à une grande hauteur, hors de portée de la vue ; c'était le doter magnifiquement de l'éternelle jeunesse.

L'empereur a la sérénité étudiée d'un homme qui sait pouvoir d'un froncement de sourcil faire baisser la rente. Mené par des pensées diverses, il tente de prendre contre Brutus la revanche de César, et puis il rêve de supprimer le paupérisme en s'occupant de perfectionner les canons rayés. C'est là un moyen. Entre temps gros chasseur.

Le regard est pacifique, mais une bouche aux lèvres minces, aux coins tombants, donne à ces doux yeux démenti sur démenti.

L'empereur Napoléon III est représenté grandeur naturelle : dix pieds de haut, stature ordinaire des empereurs et des rois.

Mai 1869.

# I

## NOTES SUR LE SALON

### DE 1869.

Demain l'ouverture.

Aux peintres de batailles les plus beaux succès. Ces bonnes gens mettent le feu aux poudres, battent du tambour, sonnent du clairon et dirigent avec dextérité la bombe et l'obus. C'est frappant de vérité ; le visiteur attentif peut se dire : « C'est là que mon fils a été tué ! » Flatteur succès d'artiste. Sur la toile, au premier rang des braves qui montent à l'assaut, on a vu l'artiste, le pacifique artiste lui-même, on l'a reconnu : il a voulu une double part de gloire. Véronèse a sa place aux *Noces de Cana*, mais la mêlée c'est une bien autre fête.

Il y a des temps où l'on ne tue pas, où l'on est en paix. En paix, ah! la paix c'est la morte-saison. Je demande que le prochain congrès de la paix soit tenu sur un champ de bataille.

Parmi ces peintres, il en est qui nous donnent des massacres charmants, des tueries fort avenantes. Là rien de déplaisant pour les yeux ; on y voit quelques blessés, non ces blessés aux plaies horribles, ces moribonds grimaçants et hideux qui râlent et blasphèment, mais bien des blessés mélancoliques et sereins. A l'écart les cadavres. Les morts discrets sont dans les fossés ou dans les grandes herbes. C'est à peine si quelques-uns montrent, au second plan, leur intéressante pâleur, tandis que le chef superbe, le chef respecté des balles, le protégé de Dieu, prend au milieu du feu une pose à effet. Spectacle très-décent. Ce n'est pas un épouvantail, c'est une invite.

Ce qui explique ces lignes d'un critique d'art (1) :

« Une des plus — charmantes — toiles de l'Exposition est le — délicieux — tableau de M. Bellangé, les *Cuirassiers de Waterloo.* »

La peinture de genre a aussi ses fanatiques. Les artistes qui excellent en cet art mènent la foule comme on conduit le cotillon ; leur aimable esprit inventif sait unir une pointe de gaillardise à une ombre de menu sentiment. N'avons-nous pas vu souvent, ne reverrons-nous pas encore. toujours *l'Hirondelle blessée,—Il va venir, —Je le dirai à Maman, — Lettre d'amour, — les Premières Larmes, — A bas les Pattes, — le Premier Regret, — le Premier Pas,—Fleurs fanées,—As-tu déjeuné, Jacquot?—l'Attente,* ah! « *l'Attente,* » tableau

(1) Gonzague Privat (1865).

touchant. Les peintres galants ajoutent des feuillets au poëme des *Baisers;* les baisers : fruits tombés, fruits cueillis.

Les architectes, eux, ont des mauvais jours, ils bâtissent des églises sans avoir la foi, et ménagent un demi-jour propre au recueillement, sans croire à l'efficacité de la prière. Ils sont passionnés pour la liberté et ils élèvent des prisons. Avec quelle conscience ! « — Plus hauts et plus épais, ces murs ; creusez là un large fossé, scellez ces barreaux. Il y a assez d'air, assez de jour. Voilà qui est bien. »

Vérité consolante : il n'y a pas d'artiste absolument méconnu ; tel peintre, tel statuaire, qui semblent dédaignés de tous, ont un ami dans cette foule d'indifférents. J'ai connu un tragédien qui faisait rire le public : il faisait pleurer le souffleur.

Demain l'ouverture.

A l'inauguration d'un théâtre j'ai écrit un petit prologue où il était dit :

Derrière le rideau l'on est prêt, ce me semble.
Ils sont tous là rangés. Le directeur, qui tremble.

Rassure les poltrons. Le comique fluet,
A l'écart, immobile, attend, sombre et muet.
Les trois coups redoutés. C'est la triste victime
Qui rassure le traître ; et, fait vraiment sublime.
Ramasse le poignard échappé de la main
Du méchant qui bientôt lui va percer le sein ;
Et dans ce même instant notre grande coquette,
Au régisseur promet, promesse souvent faite,
De ne pas oublier que les jeunes galants
Frisés, fleuris, musqués, gracieux et charmants
Dans l'avant-scène assis, ne sont pas de la pièce....
Notre ingénue apprend, indice de sagesse,
A baisser ses grands yeux. Je clos le pot-pourri.
On pourrait bien bâiller après avoir souri.

Demain nous jugerons la pièce et les acteurs.

L'anecdote historique est en faveur : préparons-nous à revoir Henri III et ses amis les mignons, Louis XI escorté d'Olivier et Tristan, ces autres plaisants mignons.

La peinture religieuse est un peu dédaignée. Sans irrévérence, on peut bien médire d'un très-médiocre sermon ou d'un mandement qui fait sourire. Du reste, la vocation manque. Heureusement qu'après avoir terminé son *Jésus au milieu des docteurs*, M. Ribot a signé d'admirables œufs sur le plat, un peu trop cuits peut-être.

La photographie nuit à l'industrie des habiles manieurs de pinceau ; le trompe-l'œil n'est plus admiré. Bien copier est peu de chose : il faut être artiste ou n'être rien.

Parmi tous ces tableaux, au milieu de ces statues, cherchons ce qui est fait pour nous réjouir. Je l'ai déjà dit :

« La beauté, c'est la qualité supérieure de l'homme. Donner un coup de couteau, c'est disgracieux. Fuir, c'est avoir la tête basse et le ventre rampant. La colère accuse des rides ; l'envie jaunit la face. Autant d'atteintes portées à la beauté. Être beau, c'est être bon ; s'efforcer de s'embellir, c'est tendre à se rendre meilleur. Les Grecs ont passé près de la vérité sans la connaître ; ils étaient amoureux de la forme, mais ils rendaient un culte distinct à la vertu ; c'était une faute. Une infirmité du corps, c'est un défaut moral apparent. On a de beaux yeux si l'on a de l'esprit, la voix harmonieuse quand on a le cœur tendre, et la tête haute si l'on a de la fierté ! » (1)

Allons à la découverte des plus heureuses manifestations de la beauté humaine : le nu, surtout, nous appelle. La nudité dans sa variété admirable, c'est le haut côté de l'art ; c'est là que se montre le mieux la grâce, qui est l'accord merveilleux des forces vives. Aux artistes à nous rappeler à l'humilité : rougissons d'être laids. La draperie légère de la Polymnie me mécontente ; ce qui est voilé nous était dû ; tout ce qui est caché nous a été dérobé. Que les artistes se prennent à aimer le beau nu, à notre joie et à leur honneur.

Nous nous arrêterons au grand salon, au salon de la peinture officielle, qui rap-

(1) *Le Roman de la Chair.*

pelle le *Journal officiel*, cet autre salon d'honneur.

On y a le respect des hommes palmés, des épaulettes d'or fin et des sabres de bon fil, des plumets et des brochettes. Un peintre officiel est un fonctionnaire révérend; mauvais peintre, soit! mais bon courtisan.

Il est des artistes, des peintres, des musiciens, des comédiens entraînés par la fiction qu'ils créent; il en est peut-être. Une anecdote qu'aime à conter Me Crémieux;

Me Crémieux a été l'ami de Talma; il se rappelle qu'en 1819 — oui, aussi loin de nous! — Talma vint donner des représentations à Nîmes. Talma n'avait jamais vu plaider, et le jeune Crémieux avait à parler dans une grande affaire. C'était au mois de juin, c'était un vendredi — je m'en souviens bien, dit-il. — Le jeune avocat plaide avec passion. Il faisait chaud, et Talma, avec un empressement fraternel, aidait Crémieux à changer de vêtement.

— Plaidez-vous donc toujours ainsi? demanda Talma.

— Toujours.

— Alors vous n'avez pas dix ans à vivre.

Et Me Crémieux de sourire.

— Mais vous-même, Talma, ne ressentez-vous point ce que vous exprimez?

— Non, vous en aurez la preuve demain.

Le lendemain, Talma jouait Oreste, et le jeune Crémieux dans une loge sur la scène même attendait anxieux. Talma était en scène avec Aristippe, cet honnête confident qui mourut glorieux et dont toute la gloire fut d'avoir « écouté » Talma.

A la scène dite des fureurs d'Oreste, à cet instant où les spectateurs criaient : Bravo, Talma! Talma, par deux fois, dit une calembredaine à Aristippe.

M. Crémieux, lui aussi, aurait été applaudi au théâtre. Chez lui je l'ai vu lire, jouer plutôt *Iphigénie en Aulide*. Il est tendre, il est terrible ; c'est vraiment Clytemnestre que l'on entend ; Agamemnon que l'on entend et que l'on voit ; c'est aussi Achille — avec un peu moins d'illusion peut-être — que l'on ne sourie point.....

Je ne ferai pas la leçon au peintre, je veux mener mes quatre lecteurs aux bons endroits, voilà tout. Louer délicatement est malaisé ! A l'École, quand il nous venait un nouveau camarade, le premier accueil était froid, mais s'il dessinait une bonne figure, aussitôt— généreusement— on le tutoyait.

Aux critiques d'art je laisserai la langue technique ; à eux la joie de parler le jargon artistique relevé par quelques savants termes d'anatomie : Cette esquisse est bien « tripotée, » un joli « frottis » dans les fonds ; bien « torché ! » ; Hum ! hum ! pauvres « raccourcis ! » Ce tableau est peint « de chic »; Ces jambes sont « veules ». On ne sent pas assez « la rotule ». Eh ! tenez, « les omoplates » sont trop en saillie; « ce thorax » est inexact; « ces pectoraux » manquent d'accent. Et « la clavicule » dont nous ne parlions pas! « la clavicule » s'accuse durement.

Le critique d'art se fâche : c'est trop « léché, » et puis « le faire » manque de maestria; hum! « c'est flou; » hum! « c'est creux; » hum! ça fait « lanterne; » les terrains n'ont pas de « solidité » ; méfiez-vous « des empâtements » et surtout surveillez « les glacis. »

C'est bon de rire.

Oui, cherchons l'artiste, maladroit parfois, inégal, excessif, l'artiste tout à son ivresse, se livrant, s'abandonnant, jamais satisfait de l'œuvre de ses mains, tant il était ravi de l'œuvre rêvée; lui-même spectateur passionné de la scène qu'il crée, émerveillé par l'œuvre inattendue, qui est son œuvre à lui: charmé après avoir eu grand'peur et se sentant fort après s'être cru impuissant ; ce qui fait que l'artiste est timide, avec des mouvements d'orgueil. Voilà celui que je cherche et que j'aime, non le savant peintre ni l'habile homme, non le théologien, mais le croyant : l'artiste !

Le tableau de M. Chenavard, la *Divina Tragedia*, a été relégué dans le grand salon de l'extrémité droite ; aussi, cette année, ce salon éloigné c'est le salon d'honneur.

La *Divina Tragedia* est l'œuvre d'un artiste. Toutes les parties si diverses de cette grande composition sont ramenées avec un art surprenant à un effet général. C'est le dernier instant des dieux qui doivent périr. Et tandis qu'agonisent les puissances déchues dont le pouvoir repose sur le mal et l'erreur, apparaît l'éternelle Androgyne, symbole de l'harmonie des principes contraires. M. Paul-Casimir-Périer donne le vrai titre du tableau de M. Chenevard : *La fin de toutes les religions et le triomphe de la pensée libre.*

L'artiste qui a signé cette œuvre de haute valeur donne à rire, paraît-il, à quelques-uns de ses contemporains. Tant mieux, Que l'on ne le ménage pas, cet audacieux; il porte une sérieuse atteinte à la théorie philosophique de l'influence déterminante des milieux. Il est savant en son art, et ce n'est pas assez, il pense. Il pense, oui, voilà qui est d'un bon comique. Malgré tous ses mécomptes, ce maître ne s'afflige pas. Chenavard martyr, allons donc ! Être un martyr c'est n'avoir rien au cœur ; c'est avoir la vue basse, l'haleine courte. Le martyre c'est d'être un sot, et par instant d'avoir conscience de sa sottise; c'est là l'insupportable disgrâce. Ne plaignons point les hommes faits pour les grandes besognes, ceux qui ont la puissance créatrice, de nobles désirs, une haute ambition. Plaignons ceux qui vont trottinant par les petits chemins : les plus choyés sont les plus à plaindre.

Le tableau de M. Bonnat, l'*Assomption de la Vierge*, n'est pas un tableau religieux; et, à ce propos, il sera certainement dit de nouveau qu'à une époque de scepticisme cela devait être ainsi. Erreur! Le grand artiste croit à ce qu'il crée. Il est chrétien, il est païen. Sa foi catholique est dévorante tant qu'il peint le *Christ au Calvaire* ou la *Résurrection de Lazare*; mais cette foi qui se révèle tout à coup s'efface instantanément ; l'œuvre terminée, l'artiste abjure en hâte, et vienne avril, il tiendra pour le dieu Pan. L'artiste s'exalte pour la légende, puis pour l'histoire, qui dément la légende, enfin pour la religion, qui naît de la légende et de l'histoire. Son oraison change chaque jour de formule. Il a des enthousiasmes de quatre semaines et des accès mystiques de petite durée. Alors, parmi ceux qui sont morts pour leur foi, il fait un choix éclairé : il y a des martyrs dédaignés ; on ne peut rien faire de leur supplice.

Cette *Assomption de la Vierge* de M. Bonnat n'est rien de plus qu'une très-belle étude haute en couleur, faite avec une véritable habileté d'après des modèles d'atelier savamment drapés.

M. Bin a rendu la première scène du *Prométhée* d'Eschyle. Prométhée est cloué par Vulcain au sommet d'un roc, aux pieds de la Force appuyée sur une massue, et de la Puissance qui a le sceptre en main. L'impression produite est bonne ; elle serait forte si la composition s'équilibrait mieux. Je me garderai de la démonstration technique : elle ne réussissait guère à Diderot lui-même ; exemple : « Quand on a dit que, pour plaire à l'œil, il fallait qu'une composition pyramidât ce n'est pas par deux lignes droites qui allassent concourir en un point, et former le sommet d'un triangle isocèle ou scalène : c'est par une ligne serpentante qui se promenât sur différents objets, et dont les inflexions, après avoir atteint, en rasant, la cime de l'objet le plus élevé de la composition, s'en allât, descendant par d'autres inflexions, raser la cime des autres objets ; *encore cette règle souffre-t-elle autant d'exceptions qu'il y a de scènes différentes en nature.* » SALON DE 1765.

Le style du *Neveu de Rameau* est plus à mon gré.

Le *Hallali du cerf* de M. Courbet est une très grande toile du célèbre peintre d'Ornans, un effet de neige. Des chiens s'acharnent sur la bête vaincue; un chasseur lève le fouet sur la meute. Un chasseur à cheval est au premier plan; sur le devant du tableau crève un chien, ce qui est le prix courant de la victoire.

Toute vérité est agressive; cependant

il faut dire la vérité, même aux dieux, surtout aux dieux; cette fois encore le célèbre peintre d'Ornans a peint d'assez pauvres figures et une bonne étude d'animaux. M. Courbet, auquel on connaît beaucoup de talent et quelque orgueil, peint en dehors de toute convention le chien, le cerf, le chevreuil, le renard, les arbres et les terrains; mais c'est là que le pouvoir du maître peintre s'arrête. M. Courbet veut-il peindre une femme, un homme, un enfant, son habileté s'éclipse ou ne suffit plus. Disons-le, il réussit moins bien l'homme que la bête.

J'aime les tableaux de chasse un peu mieux que la chasse elle-même, à l'exemple de ceux qui préfèrent le récit à l'action, le roman à l'amour. La *Chasse au sanglier*, de M. Jules Gelibert, est mouvementée; la scène est exactement rendue, parait-il. Ce bon peintre est bon chasseur.

Ce que j'aime, c'est la vie, c'est l'oiseau

qui vole, sautille; le cerf aux abois; le lièvre au repos, l'oreille tendue; le lapin qui court l'oreille basse. Ce que je n'aime pas, c'est la nature morte : la hure de sanglier entre une poire à poudre et un couteau de chasse; le lièvre roidi pendu par les pattes; les oiseaux en tas. Que les artistes cessent de vider le carnier sous le nez des gens, c'est malpropre; la robe du lièvre est tachée, qu'on le dépouille au plus tôt; plumez ce faisan en hâte et cachez ces perdreaux sous les truffes.

La marque distinctive du véritable artiste, c'est la tendance à généraliser, quand il peint un mendiant, c'est la misère qu'il montre; un soldat, c'est l'armée; un paysan, c'est le paysan. Le fait particulier, l'incident isolé, ne l'émeuvent point, chacun de ses personnages est un groupe.

La *Leçon de tricot* du peintre François Millet est un bon tableau. Il s'en dégage une impression intime et vraie. La femme et la petite sont laides; elles ont la laideur des pauvres gens et des ignorants. Sur leur front brûlé, la stupidité se montre, et l'instinct pousse ces êtres grossiers bien plus que l'intelligence ne les guide. Une paupière lourde couvre à demi un œil doux et indifférent. Ces pauvresses ont été non-seulement regardées, mais observées par un artiste clairvoyant et sincère ; mais que tout-à-l'heure il nous montre les belles filles des champs.

M. Ribot expose un tableau plaisant : *Les Marionnettes*. Un philosophe de sept ans est en chaire dans un lieu où la lumière est absente et le soleil ne se montre pas. C'est à croire que les libres penseurs sont persécutés aujourd'hui ainsi que les chrétiens l'étaient autrefois et qu'ils se réunissent aux catacombes ; c'est à croire que parler du devoir, du droit et de la morale, c'est conspirer. L'orateur parle gravement devant un auditoire composé de marmots dont le bout du nez et les joues rondes sortent de l'ombre épaisse qui les enveloppe : si peu qu'ils se montrent, ils sont jolis, ces petits bonshommes. Ah ! le public rare et précieux ! il écoute avec une admiration déférente quelque savante dissertation sur l'objectif et le subjectif, le moi et le non moi ; un seul philosophe sourit, mais avec décence, en se cachant à demi ; le rare et précieux public !

Sur le devant du tableau, tout en face de l'orateur, est assis un chat gris ; il a ce sérieux propre aux bêtes qui ne comprennent pas et aux gens qui font semblant de comprendre.

Cette scène est rendue avec finesse ; la bonne mesure comique est gardée.

M. Ribot expose comme pendant naturel aux petits philosophes de son tableau les *Marionnettes*, un autre tableau : *les Philosophes*, des vieux. Ils montrent la ride et le poil gris ; ils compulsent les vieux écrits, ils commentent, ils analysent, ils sont doctes, graves, mornes ; aussi le peintre a-t-il noyé dans le bistre leurs vieilles faces jaunies.

M. Gustave Moreau expose deux tableaux : *Prométhée, — Jupiter et Europe.* Cet artiste a des qualités naturelles, et des défauts qu'il a laborieusement acquis, dus notamment à l'imitation du vieil André Mantegna. Comme dans les tableaux de ce maître, les personnages de M. Gustave Moreau restent impassibles, que la douleur les tienne ou que l'amour les touche. Il y a de la contrefaçon dans cette manière de faire de l'art. Cela demande quelque adresse et beaucoup d'audace. L'archaïsme est le culte des artistes qui n'ont pas la foi. Alors, il est adroit de faire des fautes de perspective; on doit jouer la naïveté; il est habile de faire preuve de maladresse.

Le dernier mot de cet art secondaire est de laisser croire que l'on ignore ce que l'on sait, et de sembler être ce que l'on n'est point.

Le croira-t-on? cette année encore. M. Gérôme ne fait rougir personne. Déjà l'année dernière, il avait donné cette surprise, ce regret à son public habituel. M. Gérôme expose *Un marchand ambulant au Caire* et *Promenade de harem*, deux tableaux aucunement indécents. Le dire, c'est nuire à leur succès; je le dis cependant. Non, pas la moindre polissonnerie. C'était cependant un fin régal; on se massait devant les tableaux de M. Gérôme, on se poussait du coude, on clignait de l'œil, on ricanait. Que de triomphes! *Phryné devant ses juges*, le *Marché aux esclaves*, la *Femme du roi Candaule* et la danse de l'*Almée!* Ah! quelle pose lascive! quel raffinement dans la volupté!

M. Gérôme paraît avoir d'autres soucis: il sera chaste désormais; on va croire que je le diffame. Il renonce à peindre la femme nue. Tant mieux; il sait rendre avec précision les types, surtout les costumes orientaux; il sait composer une scène, choisir un site pittoresque; il connaît les effets de la lumière; il excelle à amortir les couleurs des seconds plans, à dessiner la cange qui glisse sur le Nil, à rendre la vapeur qui, à l'horizon, unit le bleu de l'eau au bleu du ciel ; mais M. Gérôme n'a jamais su déshabiller honnêtement une femme.

Cet art, M. Jacquet aussi ne le possède point. La *Judice* a des complaisances pour la foule. La femme rousse, la *Némorine*, de M. A. Laurens, se réjouit d'être vue. *L'Odalisque* de M. Humbert éveille des répugnances instinctives malgré le réel et très-vigoureux talent du peintre.

Après avoir bien fait chatoyer la soie et drapé le velours en larges plis, il est bon que l'artiste se montre à court délai. On n'ignore rien du métier, on l'a plus que suffisamment prouvé ; il est temps de rappeler que l'on est maître de son art : un beau corps de femme nue, c'est la grande merveille.

M. Antigna expose la *Fascination*. Une petite fille nue regarde une vipère ; l'enfant a peur ; mais déjà le sexe se montre ; elle est tentée de fuir, et elle est tentée de rester ; il y a attrait et terreur : c'est là, par anticipation, une indécision féminine.

La pose est bonne et l'expression juste. On ne retrouve pas dans cette figure l'exquise finesse de ton ni les rondeurs charmantes du premier âge.

Le tableau de M. F. Perret, la *Mésange et l'Épervier*, est original. L'épervier vient de saisir la mésange ; une jeune fille nue se cache les yeux par crainte ou pitié ; le mouvement est délicieux. La jeune fille a quatorze ans, c'est la femme à l'état d'ébauche ; le torse est encore indécis, les seins sont à peine en saillie ; la légère maigreur des bras et du cou indique bien l'instant choisi par l'artiste : c'est l'heure poétique où tout l'être se dégage et tend à s'épanouir, où le sexe est encore un demi-mystère.

La *Femme couchée*, de M. Henner, est une femme nue de vingt ans. Les formes se sont précisées sans rien perdre en grâce, les attaches ont perdu leur mollesse, et les lignes ont des courbes délicieuses; les méplats sont gradués; toutes les parties s'équilibrent; il n'y a plus de heurt, de défaut d'ensemble; le sang est plus également répandu, l'œuvre est faite, la femme est.

La *Femme couchée*, de M. Henner, est une des meilleures toiles du Salon. Il est à regretter qu'un lit de repos recouvert d'une étoffe de soie noire ôte de la sévérité à cette bonne étude.

La *Noyée,* de M. James Bertrand, une Virginie peut-être, repose doucement sur le sable. La mort lui sied.

La grande toile de M. Bouguereau, *Apollon et les Muses dans l'Olympe,* est l'œuvre d'un homme d'un talent gracieux plutôt qu'original.

Les dieux de l'Olympe n'ont rien d'imposant ni de majestueux ; ils nous ressemblent, leur vertu n'est pas farouche. Ils sont menteurs, voleurs, libertins, ils sont cruels. Qui voit les dieux de près est moins porté à l'humilité qu'à l'orgueil. Les dieux de l'Olympe tuent et font tuer, ils n'aiment pas la vérité et bannissent qui la leur dit; les dieux font aimer les hommes, les hommes de peu qui n'ont ni trident, ni sceptre, ni tonnerre.

Les dieux et les demi-dieux de l'Olympe figurent assez bien les dieux et demi-dieux de la terre. Apollon qui conduit le char du Soleil, c'est le premier ministre. Mercure, dont le battement d'ailes est un entrechat, ce complaisant Mercure, ne nous est pas inconnu; que l'on en juge. M. Th. de Banneville a noté ses aveux:

Si je veux sommeiller sous la nuée obscure,
Mille voix aussitôt m'appellent : — Ho ! Mercure?
— Hein ? — Mercure par ci. — Quoi ? — Mercure par là.
En haut ! en bas ! partout ! Las ou non, me voilà.
Oui, quoique dieu pasteur, prince et conducteur d'âmes,
C'est moi qui fais encor les courses de ces dames.

Celle-ci veut sa flûte, et l'autre son tambour,
Et ce n'est rien auprès des messages d'amour :
A travers les grands cieux je vais de porte en porte,
Et je les porte. J'en rougis. Mais je les porte !

Nous avons Junon, Vénus, Minerve; oui, Minerve, et Mars aussi, s'il faut en croire les poëtes, ces amants de la vérité ornée.

Le tableau de M. Bouguereau n'est pas un chef-d'œuvre, c'est une composition ingénieuse, pleine de qualités estimables. M. Bouguereau sait à peu près tout ce qui s'enseigne; il a du talent et s'en réjouit; il n'a pas de génie et s'en console.

Les poétiques divinités fabuleuses séduisent encore les artistes. La *Diane*, de M. H. Dubois, est une jolie personne, sinon une déesse. La *Léda*, de M. Parrot, n'est pas à dédaigner, mais ce n'est qu'une belle fille forte en chair et bien plus faite pour folâtrer avec les oies qu'avec les cygnes.

La *Nymphe Echo*, de M. Cordier, offre aussi à la vue de puissantes réalités.

Les dieux de l'Olympe sont devenus inoffensifs. Ils n'ont pas d'armée; Jupiter n'a plus le maniement de la foudre. Sans honte on peut les louer, il n'y a rien à redouter d'eux ni à en attendre; ils n'ont dans l'Etat ni serviteurs dévoués ni servantes, et ils ne font plus de miracles. Allons bravement, clairon en tête, à la conquête de la liberté; mais si sonner du clairon a du bon, jouer de la flûte a des charmes.

Les *Emigrants morts de faim*, de M. Bar, donnent une impression douloureuse. L'œuvre est bonne : la pitié est éveillée.

*La Famine* en Algérie, de M. Guillaumet, rend la scène de mort avec une terrifiante vérité. Le pain manque ; les femmes n'ont plus de lait, les enfants meurent: il n'y a plus de chair sur les vieux os ; les jeunes hommes sont abattus, quelques-uns sont mençants. C'est alors que l'opinion publique fait une commande à l'artiste : il est bon de montrer ceux qui meurent de faim; les survivants auront ainsi du pain à manger peut-être.

Après la famine, la peste : la *Peste à Rome*, de M. J.-E. Delaunay. « Alors apparut visiblement un bon ange qui ordonnait au mauvais ange, armé d'un épieu, de frapper les maisons, et autant de fois qu'une maison recevait de coups, autant il y avait de morts. » (*Légende dorée.*) La scène a de la grandeur, malgré les figures allégoriques, le bon ange et le mauvais ange. Je sais qu'une école montre quelque dédain pour ces évocations et tient cet art pour poncif, vieillot et tout à fait démodé : Le *Départ*, de Rude, et *le Crime poursuivi par la Justice et la Vengeance célestes*, de Prud'hon, ne ramènent point à cet avis.

Les morts sont étendus sur la place du Capitole : les moribonds menacent et injurient la statue d'Esculape; les Romains non encore atteints fuient épouvantés. Malheureusement pour le succès de ce bon tableau, la peste ne nous effraie point : on est atteint, on se débat, on tombe, on meurt, voilà tout. Que M. Delaunay aille *crescendo* : après la *Peste*, l'*Amour*, l'amour passion, le féroce amour. Alors le coup d'épieu du mauvais ange désignant une victime retentira dans nos poitrines; la douleur sera variée, pittoresque; on verra des fous par amour, des fous furieux; aussi la folie douce; un fou qui sourit est effrayant. A l'avare on a pris sa cassette, il peut retrouver le voleur, le tuer, reprendre son trésor; on ne reconquiert pas un cœur de femme. M. Delaunay réussirait admirablement le sombre tableau, tandis que d'autres artistes nous conduiraient sous les « bocages » toujours verts, où « l'Amour » décoche en souriant ses flèches émoussées.

L'amour est une source qui a pour chacun des propriétés diverses : on s'y mire, — on s'y baigne, — on y boit, — on s'y noie.

Le tableau de M. J.-M. Sevestre, la *Mort de Desdémone*, nous montre imparfaitement la tragique scène d'amour : sur un soupçon, Othello tue la femme qu'il aime.

Une autre scène d'amour est empruntée, sans grand éclat, par M. Laugée, au *Purgatoire* de Dante : La *Piadei Tolomei*. « Soupçonnée par son mari, elle fut enfermée dans un château des Maremmes où elle se consuma d'une mort lente et terrible. »

Le *Roméo et Juliette* est un agréable tableau de M. Benner ; l'artiste a choisi le court instant de l'amour heureux : de la nuit tombée au chant de l'alouette.

*Faust et Marguerite* dans la prison, de M. E. Cuny, est un tableau également instructif ; c'est l'amour encore : Marguerite va aller de la folie à la mort.

*L'Amour qui passe et l'Amour qui reste*, de M. Lecomte-Dunouy, est une allégorie. Une jeune femme qui n'aime plus s'envole soutenue par des Amours académiques, et le benêt d'amant délaissé se désole entre les bras de sa mère. Que la femme quitte ce garçon-là, ne l'aimant plus, cela n'étonne point. mais qu'elle l'ait aimé, cela est fait pour surprendre.

L'amour encore donne le sujet du bizarre tableau de M. E. de Beaumont : *Pourquoi pas!* Dans un boudoir galant, une belle fille qui a la bestiale beauté des filles à vendre. Autour d'elle, des nains affreux, des culs-de-jatte grimaçants. Leurs « vœux » et leurs « feux » ne sont pas déguisés ; ils aiment. La souscription est ouverte. Pas de jalousie dans ces gros yeux allumés, ni d'inquiétude : il y aura de la honte pour tout le monde. de l'amour.

C'est d'amour aussi que nous parle

M. Arthur de Ramberg. Il nous montre *Hermann et Dorothée* de Gœthe. Il fait nuit ; les deux jeunes gens l'un sur l'autre appuyés traversent les bois déserts, elle confiante, lui tranquille. L'artiste a bien rendu l'honnête et paisible amour des deux amants. Charlotte, Marguerite, Dorothée, voilà les seules femmes à aimer, ces femmes aux yeux bleus.

A une jeune fille aux yeux noirs, c'est ainsi que j'ai dit :

Ce sont les grands yeux bleus que j'aime.
Ils ont la pureté suprême.
Yeux noirs ne peuvent rien sur moi ;
Vraiment je ne sais pas pourquoi.

Mais par un doux effet contraire,
Cet œil noir qui n'a pu me plaire
En nulle autre, je l'aime en toi ;
Vraiment je ne sais pas pourquoi.

Le *Mariage protestant en Alsace*, de M. Gustave Brion, ce pourrait être le mariage d'Hermann et de Dorothée. Ils sont devant le pasteur, attentifs, honnêtement recueillis. Depuis deux ans peut-être ils se rencontrent chaque jour aux champs. Tendres et calmes, ils parlent d'amour, ils parlent des enfants à naître sans trouble. A l'avance, ils choisissent leur demeure. Le garçon, fort chasseur, aime la montagne; la fille craint les passages dangereux, les crevées profondes. Il ne jure pas d'être fidèle; peut-on ne l'être point! Sans danger, ils ont la main dans la main. Heures délicieuses, aimer ainsi, être ainsi aimé!

M^me^ Laure de Châtillon a eu une bonne pensée qui convenait à son sexe. Elle nous montre une *Jeanne d'Arc en prière.* Après Jeanne d'Arc, nous aurons sans doute Lucrèce, Cornélie, Charlotte Corday, M^me^ Roland, les mortes qui ont été pures, patriotiques, les honnêtes femmes et les héroïnes, les mortes si les modèles vivants font défaut; et cela pour l'honneur du sexe. M^me^ de Châtillon aime à glorifier les femmes qui ont été aimées et celles qui ont mérité d'être aimées ; après la foule, l'élite. Il doit bien y avoir une douzaine de femmes qui ont été fidèles jusqu'à la mort. Mme Laure de Châtillon va faire une galerie des porte-étendards du régiment qui compte le plus de déserteurs et de fuyards.

M. Hébert a envoyé de Rome deux toiles intéressantes : la *Pastorella*, la *Lavandara*. Les tableaux de cet artiste ont un aspect particulier, ce qui a un réel avantage pour ceux qui l'aiment ou pour ceux qui ne l'aiment pas : on va à lui ou on l'évite. La *Lavandara* n'est pas dévorée par un feu intérieur ; elle n'est ni fiévreuse ni affolée ; elle est jeune, fraîche, bien portante, et elle a les mains rouges. Les filles aux mains rouges sont de bonnes filles bien venantes, alertes, gaies, actives, touchant à tout, allant de-ci de-là sans repos. Elles réjouissent la vue, et leur beau sang qui se montre donne un air décidé et naïvement hardi à toute leur honnête personne. La *Lavandara*, la fille aux mains rouges, est une belle fille, une bonne fille, et le peintre Hébert est un artiste.

La *Pastorella*, elle, a quelque tendre souci; ses yeux grands ouverts ont la fixité particulière aux amoureux : cela agrandit les yeux, l'amour : ils ont de beaux yeux, tous ceux qui aiment.

Le *Printemps*, de M. Heilbuth, est fait pour plaire.

Le joli sujet de tableau !

Deux beaux jeunes gens qui s'aiment et parlent d'amour. Ils s'adorent au mode tempéré, c'est là l'amour des belles filles bien parées pour les beaux garçons bien mis, amour dont je ne médis point, si peu qu'il me touche. Les plus riches parmi les amoureux se disputeront ce tableau ; les jeunes bourgeois sensibles en auront une copie ; les plus patients, non les moins tendres, attendront la gravure ; j'achèterai la lithographie.

On n'aime qu'au printemps, « jeunesse de l'année ». On n'aime que pendant la jeunesse, « printemps de la vie » si l'on en croit les peintres et les poëtes.

Ils mentent. Dans la neige on marche deux à deux.
On y compte les pas des couples amoureux ;
Et lorsque notre ardeur dans nos yeux se devine
Qui n'a vu le vieillard reprendre fière mine
Au lointain souvenir des heureux jeunes ans :
Ils brillent, les beaux yeux, sous les beaux cheveux blancs.

Après le semblant d'amour, le semblant de carnage : la *Fantasia*, de M. Fromentin. Une *Fantasia*, c'est un agréable spectacle, même à l'hippodrome du coin. M. Fromentin a toute la bonne humeur qui convient et plus de talent qu'il n'en faut pour mettre en scène ces réjouissantes tueries à l'issue desquelles personne ne manque à l'heure de la soupe.

Sur ces belles roses, M. Ph. Rousseau a ouvert une ombrelle bleue à effet, tout comme s'il ne savait point que ces roses sont admirables. Elles sont en pleine terre, épanouies, vraies; ce sont bien là les fleurs telles que la nature, cette bonne faiseuse, nous les donne. Des fleurs, non un bouquet. Le bouquet, c'est le tas de fleurs sanglées, étouffées. Aucune fleur ne ressemble à une autre fleur, mais tous les bouquets se ressemblent; c'est ingénieux et laid, un bouquet. J'aime les vers, je déteste les « recueils » poétiques ; un bouquet, pourquoi pas un pot de fleurs !

Le tableau de M. Hippolyte Laserges, *Foyer du théâtre de l'Odéon un soir de première représentation*, a un certain succès de curiosité. On remarque les principaux habitués de ce beau foyer : MM. Augier. Dumas fils, A. Houssaye. Meurice. E. de

Girardin, M. Th. de Banville qui cause avec M. Laluyé, l'auteur de *Au Printemps*; le jeune François Coppée, qui est en ce moment à Amélie-les-Bains, où il se remet de la joie du succès; MM. Roqueplan, Sarcey, Monselet, Jules Claretie, Jouvin, Henri Rochefort; au milieu d'un groupe, M. Edouard Fournier : le public du foyer de l'Odéon lui est plus hospitalier que le public de la salle; MM. Ulbach, Mario Proth, Paul de Saint-Victor, M. Auguste Vacquerie placé par malice ou par hasard près de M. Jules Janin.

Au centre du tableau, George Sand.

M. Manet expose deux singuliers tableaux : Le *Déjeuner* et le *Balcon*. Il est possible que M. Manet songe à Goya sans l'avouer, qu'il s'inspire de Velasquez quoiqu'il le nie, et bien certainement ce n'est pas un grand peintre; mais s'il est souvent baroque, il n'est jamais bête au moins. Je vois ce qu'il est, c'est quelque chose. M. Manet est un obstiné sagace, qui a pris en grand dégoût les peintures léchées, lisses et fades; je sais où il va; certes, il n'est pas arrivé. Qui sait! peut-être est-il en route.

Allons où la foule nous mène, vers le tableau de M. Lambron. Regardons et passons. M. Lambron est un homme de talent qui se lassera de faire rire les gens avant peut-être que nous nous lassions de rire; mais qu'il se hâte. L'*Amour et la Veuve*. L'Amour offre une fleur à une Psyché en deuil. Sur le devant de la toile, un griffon tient entre ses crocs l'arc même de l'Amour. La veuve est laide. Ah! quelle déplaisante infirmité que la laideur! Le rebutant spectacle qu'une femme laide!

Le *Déjeuner de M. le curé* est un joli tableau de M. Duplessy. Le curé n'est pas là encore. La servante apporte le poulet rôti; la vieille bouteille est servie. Au fond un prie-Dieu, un livre d'heures; de sorte que l'on ne sait pas si la table est dressée dans l'oratoire ou bien si le prie-Dieu est dans la salle à manger.

Du même artiste, le *Déjeuner du savant*, un repas maigre.

De M. Ch. Comte, *Bohémiens faisant danser de petits cochons devant Louis XI malade.* Ce peintre excelle à rendre le côté pittoresque de la vie des rois; il les surprend au lit, à table, au chenil; il a déjà montré quelques-uns des moyens ingénieux qu'employait à se distraire le roi Louis XI; quant au divertissement de choix, qui était de pendre ou de décapiter les gens, M. Ch. Comte, qui est d'humeur douce et aimable, ne s'en occupe point. Le roi malade est au second plan; au premier plan, deux cochons dansent et deux moines prient.

Le roi rit. Ah! c'est qu'ils sont très-jolis, ces petits cochons, et ils méritent la faveur dont ils jouissent. Quelle honte pour les anciens favoris aujourd'hui dédaignés! D'autres cochons richement parés et ayant très-bon air sous leur costume, sont là, tout prêts à entrer en scène, au premier caprice du maître : un cochon vaut un autre cochon ; ce qui me semble être une leçon de modestie donnée par le peintre aux petits cochons et aux courtisans.

M. Protais expose un tableau gai, *Une Mare*, après avoir signé plus d'un tableau touchant. Cette fois, il montre des soldats qui boivent gaiement. Quand M. Protais est porté vers la mélancolie, tous ses soldats sont Bretons; aujourd'hui, ils sont tous Parisiens et Marseillais. On le dit à la Cannebière sans orgueil : Eh ! un Parisien, c'est un Marseillais qui a un accent !

M. Pille expose *Un Coin de marché à Munich*. Il manque à cette scène exacte un Vadé pour souffler les commères.

La *Religieuse*, de M. Bonvin, est à étudier. M. Bonvin peint pour montrer des choses vraies, et il écrit pour dire des choses justes.

Le *Repos pendant la manœuvre au camp de Saint-Maur en 1868*, de M. Detaille, promet un bon successeur à M. Meissonier ; je le prévois, les successeurs ne manqueront jamais à M. Meissonier.

Le *Charles Martel expulsant les Sarrasins de la Corse,* de M. Mès, ouvre les poitrines de mécréants et fend les têtes avec une belle ardeur.

M. Auguste Gendron expose une *Lucrèce* occupée des soins de la maison, sous les yeux allumés de Sextus Tarquin : un tableau indécis comme il arrive aux artistes de talent d'en peindre entre deux tableaux excellents.

Un *Miracle chez la bonne déesse*, de M. Hector Leroux, a été jugé favorablement. Une vestale qui a laissé s'éteindre le brasier sacré va être enterrée vivante ; mais implorant la bonne déesse, la vestale jette un morceau de voile sur les cendres refroidies : l'étoffe prend feu, la vestale est justifiée, elle est pure. En tant qu'épreuve, j'aime mieux la *Coupe enchantée*, de Lafontaine, la coupe qui se renverse, que le feu qui s'éteint : il y a toujours à mal penser de qui répand le vin au lieu de le boire.

Vollon a, cette année encore, exposé un tableau d'une exécution superbe, *Après le bal*. L'aiguière de François Ier est traitée avec une largeur de touche et une sûreté de pinceau incomparables. Mon cher Vollon, il est temps de montrer que vous peignez la figure en maître.

Mon ami Eugène Millet expose sa marmite, une grande marmite; la belle, l'imposante marmite! on y fait de bien bon bouillon (1).

Le *Pardon*, de M. Jules Breton. Au milieu du tableau, des paysans jeunes et des paysans vieux, le cierge en main, marchent, les uns les yeux dévotement bais-

(1) L'eau-forte, à la première page de ce livre, est de M. Eugène Millet.

sés, les autres indifférents ou curieux. Des deux côtés de la toile, les femmes, les filles qui ont mis leur plus riche bonnet, leur plus belle jupe pour honorer Dieu et plaire au prochain.

Les paysans de M. Jules Breton sont de bonne souche. Ils cultivent la pomme de terre, ils lient la gerbe avec noblesse et majesté, ils poussent fièrement la charrue comme si leur charrue était « le char de l'Etat ». C'est que chacun d'eux a un arbre généalogique : Martial, le faucheur, descend de Pierre, le bûcheron modèle; Pierre, de Jacques, le vigneron sans pareil; Jacques, de Jérôme, le bon fermier : de là la fierté de Martial. Tous les paysans de M. Jules Breton sont d'une même famille, ils sont tous beaux, honnêtes, vigoureux ; ils donnent bonne idée du travail, de la vie des champs.

Les paysannes de M. Jules Breton sont de belles filles sages. Jeannette descend de Jeanne, qui a eu dix garçons: Jeanne, de

Victoire, qui a été couronnée rosière, et Victoire, de Mathurine, qui a eu trois honnêtes maris : de là le juste orgueil de Jeannette.

M. Gustave Doré a deux tableaux au Salon. Ses paysages sont incandescents. L'agate, l'émeraude, la topaze et le rubis y brillent ; les pierres du chemin jettent des étincelles ; on n'a qu'à se baisser pour avoir le plus beau collier du monde ; il y a là des aigrettes et des diadêmes pour toutes les pauvresses du pays : dans tous les coquillages, des perles ; les eaux charrient des paillettes, et il y a de la poudre d'or dans le sable de toutes les rivières. M. Gustave Doré fait passer le *Sacramento* au pied des Alpes ; il lui fera arroser les coteaux de Saint-Cloud l'année prochaine.

Ce qui n'empêche point M. Doré d'être l'auteur des joyeux dessins des *Contes drolatiques*. Quant aux dessins de l'*Enfer* de Dante, ils font songer à ce tableau du Salon de l'année dernière, ainsi noté au livret : le *Baptême du Christ,* paysage.

Rabelais avait bien inspiré M. Doré. M. Bracquemond s'est mis à la même besogne. Une de ses planches est célèbre : les quatre ivrognes, les quatre barytons... qui s'en vont dodelinant de la tête. Cette année, M. Bracquemond nous donne *Don Juan et le pauvre.* Don Juan a de la légèreté, de l'aisance, et il ne ressemble pas à M. Bressant, du Théâtre-Français ; il a bon air et ne s'en doute point. Un journal parlait, l'autre semaine, des débuts difficiles de M. Braquemond. Qu'il est à plaindre, cet artiste ! il est jeune, il a des amis, du talent, et il se porte bien.

---

Un souvenir au peintre Émile Wattier, mort il y a six mois.

MM Chaplin et Voillemot, qui semblent

peindre sous les yeux de Crébillon le gai, sont de la famille de Wattier, ce descendant de Boucher. Wattier est leur ancêtre.

J'ai vu de lui un beau portrait de jeune femme ; on eût dit le portrait même de la bisaïeule du modèle. Les yeux sur nous sans nous voir, Wattier retrouvait les types disparus : il voyait en deçà.

Wattier savait dessiner. Sous la culotte courte de ses galants bergers se montre une jambe bien faite ; l'habit rose tendre laisse voir un cou bien attaché et suit les contours d'un torse d'Apollon. « Il y a un homme dessous », disait fièrement Wattier.

Il s'entendait bien à ajuster un corsage ouvert, à disposer les plis d'une jupe et à chiffonner une collerette : « Il y a une femme dessous ».

Ce n'est pas « nature », non. Il n'y a ni époque fixe indiquée, ni lieu déterminé, ni saison observée. Mai n'est pas encore, avril n'est déjà plus ; jamais la pluie ne vient mouiller ces gazons verts ni détremper ces chemins. Toutes les larmes coulent des yeux de Perrette : le pot au lait cassé, c'est le grand fait tragique de ces temps heureux.

Lubin « lutine » Lucette avec une fleur, médite « un doux larcin » ; et pendant que la fillette écoute « le fripon », il se penche vers elle et lui « dérobe » un baiser.

Émile Wattier aime le plein air ; le plein air est chaste. Fragonard, lui, tire les verrous sur ses femmes en déshabillé ; le miroir de Fragonard est licencieux ; le ruisseau de Wattier ne l'est point. J'ai beaucoup connu et bien aimé cet excellent homme ; c'était un grand vieillard doux et charmant, un lettré. Ce gracieux peintre avait poussé loin l'étude des langues sémitiques, A soixante-cinq ans il avait traduit un des livres du Mahâbhârata. Cet artiste savait tenir une plume :

Je retrouve ce feuillet dans mes papiers :

LA GAZELLE CAPTIVE.

Elle est captive, la gazelle ; elle broute l'herbe maigre d'un espace circonscrit, mais son faon est auprès d'elle.

Elle a fait trois bonds d'un côté, elle a rencontré la haie ; elle a fait trois autres bonds, la haie s'est de nouveau trouvée devant elle. Elle est captive, la pauvre gazelle !

Son œil noir cherche l'espace, et l'espace lui est caché. Pour voir dans l'infini, elle regarde au-dedans d'elle-même, la gazelle captive !

Baisse la tête, gazelle ; broute encore l'herbe maigre de l'espace où tu vis. Quelquefois peut-être, on te jettera un morceau de gâteau. Elle est captive, la pauvre gazelle !

La haie n'est pas haute ; d'un bond elle serait franchie ; mais le faon ! Broute, gazelle, broute sans cesse l'herbe maigre de l'espace où tu vis, pauvre gazelle captive !

Dans le sommeil la gazelle est libre; elle bondit sans obstacle à travers le désert, le paradis de Dieu où les créatures vivantes ne sont pas parquées. Mais las ! elle se réveille, elle est toujours captive, la pauvre gazelle !

En songe un lion la poursuit. Elle fuit, fuit toujours, mais en vain.... elle va être atteinte, elle l'est ! mais elle se réveille ; son faon, qu'elle croyait dévoré, dort avec bonheur sur sa poitrine ; elle le sent respirer, et regarde avec amour sa bouche souriante.

Elle est captive, la gazelle; elle broute l'herbe maigre d'un espace circonscrit, mais son faon est auprès d'elle.

Il allait venir chez une artiste dont il aimait le talent, M^me^ Maria Loustau, le peintre de fleurs. Frappé subitement de paralysie, il est tombé sur le carreau. Il vivait seul ; au lendemain matin seulement, sa servante trouva notre pauvre Wattier inanimé, glacé ; trois jours après, il était mort.

Il y a au Salon quelques bons portraits d'homme et un plus grand nombre de beaux portraits de femme. Parmi ceux-ci, beaucoup de portraits d'apparat : des femmes en toilette de bal, des femmes peintes en pied, grandeur naturelle. Dans ces conditions, l'artiste est amené à prêter « un grand air » au modèle ; les soies et les velours sont forcément un peu la grande affaire ; l'accessoire prend une véritable importance ; l'intimité de la pose n'est plus observée ; ce n'est pas la vraie femme, la femme chez elle, la femme vêtue simplement, simplement posée. Les chairs n'ont plus leur ton particulier ; l'étoffe chatoie et miroite, la femme s'efface. J'aime bien mieux les portraits à mi-corps où tout ce qui est ajustement est sobrement indiqué ; alors ce qui frappe sans distraction possible, c'est la finesse de la carnation, l'élégance du col, la beauté des mains, du visage, la femme.

Ceci dit, il faut reconnaître que M. Carolus Duran expose un très beau portrait, l'œuvre d'un talent individuel : une jeune femme en pied vêtue de satin noir.

M. Chaplin expose un bon portrait dans la manière spirituelle qui lui est propre, un portrait de femme, aussi en pied, et vêtue de soie jaune.

M. Cot, un peintre timide, expose le portrait en pied d'une très-jolie femme blonde, en robe de velours rouge, sa jeune femme, la fille du statuaire Duret.

De M. Cabanel : le portrait de Mme Carette, née Bouvet, et celui de Mme de Brissac. M. Cabanel est resté cette fois au-dessous de lui-même ; suivant moi, il est toujours au-dessous de sa renommée.

M. Jules Lefebvre a un portrait de jeune femme, un petit portrait. qui me ravit ; la pose est aisée, abandonnée.

M. Jules Lefebvre est l'auteur, on le sait, de cette belle étude de femme nue du dernier Salon, à laquelle on peut comparer, opposer la *Femme couchée*, de M. Henner.

Et puis, le modèle est charmant, vivant, mobile. Je tiens les artistes pour responsables des défauts du modèle; leur devoir est de nous dispenser de voir une galerie où la laideur se montre, où la vulgarité s'étale. « La beauté, c'est la qualité supérieure de l'homme. » Que les artistes épargnent aussi aux sots l'affront d'être en pleine lumière.[1]

Le portrait de M. Charles Garnier, l'architecte du nouvel Opéra, par M. Paul Baudry, est un portrait, un petit portrait familier, vrai. Tête de fiévreux, teint bilieux, cheveux noirs frisés un peu en désordre, un grand, très-grand nez d'une courbe hardie, et les yeux d'un homme volontaire. On sent qu'en cas de défection de ses légions. il tenterait de mener seul à bonne fin l'œuvre commencée. Peut-être en fait-on l'épreuve. M. Paul Baudry a peint un Charles Garnier bronzé qui rappelle le Charles Garnier de bronze de M. Carpeaux, exposé cette année même.

Le portrait de M. Duruy, par Mlle Nélie Jacquemart, nous montre ce fonctionnaire sous un beau jour. Il cause ou mieux il écoute; il ne discourt pas. M. Duruy est entre les éclaireurs et les traînards, un peu décrié par ceux-ci, tout à fait dédaigné par ceux-là. Il n'aime pas assez l'Église pour que l'Église lui rende amour pour amour; il n'aime pas assez la liberté pour que les libres penseurs lui ouvrent leurs rangs.

Ce n'est pas le peintre qui choisit le modèle, c'est le modèle qui choisit le peintre, et M. Haussmann avait fait un bon choix, M. H. Lehmann; mais M. Lehmann a fait un pauvre portrait. Si régner n'est plus de droit divin, démolir, paraît-il, est de droit divin toujours. C'est de Dieu même que M. le préfet a reçu le marteau et la pioche. M. Ernest Picard le nie, et c'est à tort : il y a eu mission divine; autrement les hommes auraient été consultés. Cependant je n'ai pas vu trace du fait miraculeux dans les armes parlantes de M. le baron Haussmann.

M. E. Dubufe a deux portraits au Salon, le *général Fleury,* le *comte de Nieuwerkerke.* Ce dernier portrait est fait pour donner quelque surprise; l'artiste a accusé fortement le côté héroïque du modèle. L'attitude est hautaine, le regard belliqueux. Près de M. de Nieuwerkerke, M. Dubufe a déposé une épée nue destinée sans doute à punir les insolents qui ont blâmé M. le surintendant des beaux-arts.

Les deux portraits de M. Bonnegrâce sont d'une grande intensité d'expression; c'est à croire que les modèles se confessent à l'artiste et qu'il nous dit le secret de la confession. M. Adolphe Leleux nous donne le portrait d'un bon artiste qui est M. Adolphe Leleux lui-même. M. Alex. Collette expose le portrait de sa fille, un portrait sans façon, charmant; le père doit être satisfait. Le *Portrait de M. l'abbé Rogerson*, par M. Ferdinand Gaillard, est un beau portrait demi-nature; c'est ainsi que peint M. Gaillard, et le graveur vaut le peintre.

Le portrait équestre du sultan Abd-ul-Azim, par le regretté Tabar, rappelle bien aux Parisiens la figure impassible de ce souverain. Paris ne lui plaisait pas : on y est mal à l'aise pour dormir. On va, on vient, on s'agite, on pense, on délibère à Paris : on n'y dort point.

Sur un robuste cheval roux que maintient à grand'peine son cavalier, est fièrement campé le général Prim. Au fond du tableau défilent les révolutionnaires armés; ils acclament leur chef; c'est au lendemain même de la victoire, sans doute: on le croit encore le tenant d'une grande idée. Le général semble agité; il est surpris par la victoire, il hésite.

Le portrait du général Prim, par M. H. Regnault, est une œuvre vivante pleine d'accent, une sorte de brillante improvisation où la fougue de la jeunesse se montre, séduit, entraîne.

Une toute jeune fille, Mlle Cécile Ferrère, expose un portrait de quelque mérite, le portrait du jeune prince des Asturies. L'enfant de la reine exilée n'est pas triste; il semble un peu étonné : on lui avait promis qu'il serait roi. Cela lui plaisait d'entendre résonner son pas sous les voûtes du palais, de se faire baiser la main et de passer en revue les beaux régiments. Jusqu'ici, il n'a pas grand regret; mais, plus tard, l'ennui viendra. Chaque jour on lui dit : « On nous rappellera ». Sans grande impatience il attend.

Pour peindre les jeunes princes, l'heure où ils sont en exil est l'heure favorable. En passant la frontière ils redeviennent naïfs, ils redeviennent enfants.

Le portrait du général Grant par le peintre américain M. Healy est tout à fait intéressant, non que cet artiste soit doué d'une façon remarquable; M. Healy simplement rendu avec naïveté et exactitude les traits et la physionomie de son compatriote Grant, le président des Etats-Unis d'Amérique. C'est un privilége qu'être citoyen d'un pays où il n'est pas de toute nécessité d'avoir du génie pour occuper le premier poste; au moins, s'il survient une intermittence dans la production des hommes supérieurs, cela n'a pas de gravité. Grant n'est pas un grand homme; Abraham Lincoln n'était pas un grand homme; les Américains sont un grand peuple.

Le paysagiste fuit l'homme ; ce qu'il aime, c'est le nuage léger, l'eau courante, l'eau dormante ; c'est le cèdre, le pin, le chêne; mieux que l'arbre, la forêt. Il lui plaît d'entendre bramer, mugir, bêler, hurler, hennir et braire, non parler. L'homme est petit, malingre et laid, il porte mal soixante pauvres années de misère ; les hommes grouillent dans des villes bruyantes et puantes ; la campagne est calme et parfumée.

Clytemnestre, Achille, Agamemnon, ne le touchent point, cet artiste; la tragédie qu'il aime se joue à ciel ouvert quand le vent d'orage courbe les grands peupliers, et que la foudre frappe les plus hautes cimes.

L'homme n'a qu'une passion : aucun libertin ne sait bien boire, aucun ivrogne ne sait aimer. Le paysagiste n'a qu'un amour, rien ne peut l'en distraire. Une femme passe, mais le soleil se lève, et l'artiste ravi a saisi ses pinceaux, il ne voit pas la femme passer.

La solitude le charme : tout rapport humain absorbe, tout contact distrait ; il faut séjourner là où l'on aime, où l'on est aimé. Le paysagiste, lui, vit sans amour : il va devant soi, à petits pas, dans son admirable chez lui qui n'a ni bornes ni limites.

Du paradis de son choix l'homme est banni ; l'homme, c'est le pionnier, le bûcheron, le soldat ; l'homme, c'est l'ennemi qui gâte les coins de terre favoris, trace des routes en plein bois ; l'homme, c'est le méchant qui fait la guerre. Non que l'artiste soit sensible : « Egorgez, n'abattez pas, » crierait-il volontiers, que ce fût peuple ou roi qui tînt la cognée.

Le Salon nous montre les œuvres des meilleurs de ces artistes ; leurs tableaux nous les font connaître.

Paul Huet se laissait impressionner par le grand côté de la nature, les grandes masses, les grands aspects.

Une notice de M. Philippe Burty donne

d'intéressants renseignements sur Paul Huet. M. Burty cite les encouragements de Sainte-Beuve dès 1830, les pronostics favorables de Gustave Planche en 1831, les éloges donnés à l'artiste par Michelet, Th. Thoré, Théophile Gautier, Charles Baudelaire, Eugène Delacroix. Mais on y cherche en vain un emprunt fait aux feuilletons de Delescluze aux *Débats*, une trace de « l'acharnée et impuissante campagne de Delescluze contre les meilleurs morceaux de Paul Huet ». M. Burty dit : « Delescluze fut implacable, » et c'est tout. Ces pages sévères, d'un homme éclairé, manquent, et cela est fâcheux.

La plupart des compositions de Paul Huet révèlent un laborieux effort, Faut-il apprécier la forte tentative ou bien juger l'œuvre tourmentée et indécise?

Rendons toute justice aux hommes d'avant-garde. Avant Huet le paysage dit historique régnait, et le berger Apollon gardait tous les moutons des bergeries académiques. M. Victor Hugo a souvent inspiré Paul Huet. Ses paysages sont des tragédies romantiques; ses arbres sont grandioses et mélancoliques : tel groupe rappelle les vieux burgraves secouant leur tête chenue. Les entailles des troncs d'arbres ressemblent à des cicatrices; les chênes sont nobles et fiers. Qui oserait porter la hache sur ces troncs vénérables ?

Une incurable tristesse se montre dans les meilleures toiles de Huet. Dès le printemps, ses arbres ont des feuilles mortes, ses fillettes sont tristes, et ses moulins à vent ne font pas *tic tac*.

Quelques arbres maigres sur un terrain pauvre près d'un ruisseau tari, voilà un Corot; un air doux, voilé, monotone, joué en relentissant le rhythme, étouffant le son... voilà un Corot. M. Corot expose un paysage, *Souvenir de Ville-d'Avray*, et une figure, la *Liseuse*. M. Corot ne peut se retenir d'admirer cette liseuse.

Qu'on ne lui parle point de ses petits tableaux qui nous ravissent à si bon compte : une maisonnette, un étang et quelques arbres. — Le ton général est lumineux et fin. — La belle affaire! — Le ciel est délicieux, les arbres légèrement indiqués, la maison gaie, l'étang... — Mais ma liseuse? — Ah ! je la voudrais au fond de votre étang, mon maître!

M. Français nous a longtemps retenu sous la ramée où fleurit l'idylle; c'est maintenant au pied des Alpes qu'il nous conduit, ces Alpes qui arrachent à Jean-Paul Richter cette apostrophe : « Nature sacrée, quiconque te voit avec des yeux d'amour a pour les hommes une sensibilité plus ardente, un amour plus vrai! » Théodore Rousseau avait été charmé par ce spectacle; M. Français à son tour est séduit. Le bon peintre Van Marcke, montre l'ambition de mener paître quelque jour les superbes bêtes de son maître Troyon.

M. Daubigny se fait toujours aimer et

violente toujours ceux qui l'aiment. M. Camille Bernier se plaît au milieu des landes bretonnes. M. Flahaut connaît bien les côtes de Normandie. C'est dans le Morvan que M. Harpignies s'attarde. M. Cabat, que l'on boude après l'avoir beaucoup aimé, s'attriste dans le Berry et dans le Tyrol. MM. César et Xavier de Cock nous mènent dans les gras pâturages. M. Hugues Martin, des bords de la Loire à la forêt de Fontainebleau nous conduit ; il nous y retient. M. Hanoteau est un bon compagnon qui connaît les bons chemins. M. Chintreuil, longtemps dédaigné, fait des trouvailles en marchant à l'aventure. M. Besnus fait darder le redoutable soleil du Midi sur de beaux bœufs de labour. M. Moullion nous conduit auprès d'un calme étang, tandis que M. Daliphard, bien à l'abri sous un couvert épais, prend l'orage en flagrant délit.

En allant d'une œuvre à une autre œuvre, on peut voir toute une série d'aimables petits tableaux ingénieux. Les malins artistes qui les signent forment un groupe. Suivant la bonne expression courante, de chacun deux on peut dire : Il fait tout ce qu'il veut de ses mains. Ce qu'ils savent est peu de chose peut-être ; mais ils connaissent le goût du public et servent le public à son goût. Obéir avec grâce, n'est-ce rien ? Certes, le plus souvent le trait de mœurs manque, la particularité curieuse aussi. Finauds sans grande finesse, ils connaissent tous les petits jeux, n'est-ce rien ?

Rien qu'à noter rapidement quelques-uns de leurs sujets de tableaux, on juge tout de suite combien ingénieuses sont leurs trouvailles :

La *Lecture du Petit Journal*, de M. Victor Mongodin ; — le *Petit aquarium*, de M. R. Gaume ; — le *Chien savant*, de M. Auguste Hadamard. — le *Dernier adieu à Médor*, de M. L. de Besenval ; — le *Jeu de l'Oie*, de M^lle^ Joséphine Nicolas ; — *Il faut faire dodo*, de M. H. Dargelas.

Tout un autre groupe d'artistes rivalise d'efforts. Les raffinés polissent l'agate et l'onix ; les réalistes font reluire le cuivre de leur chaudron ; le débit est bon, Vollon n'en tient plus. Le commerce des huîtres a été un peu compromis ; celles de M. Joseph Jubréaux ont de la fraîcheur. Son citron est de vente. La citrouille de M. Armand Morin est à souhait, et les belles prunes de M. J. Maisiat ont bon air.

On prend plaisir à regarder les groseilles de M. V. d'Autel et les pommes de M. S. Johnson. On hésite à louer les poissons de M. Nicolas Rolfe plutôt que le homard de Mme E. Muraton : les titres sont égaux.

---

La *Vedette* de M. Luminais est la première scène d'une tragédie. Un jeune Gaulois, fier, résolu, est debout sur la haute branche d'un grand arbre : il attend l'ennemi. La cause du Gaulois est juste, mais le Romain est fort : le Gaulois saura mourir.

M. Luminais expose un tableau saisissant, les *Désespérés*. Les Gaulois ont été vaincus et ils poussent leurs chevaux vers un précipice. L'instant est terrible. Un des guerriers se voile les yeux ; un autre regarde le gouffre en face. L'effroi de la mort les saisit, mais l'horreur de l'esclavage l'emporte : ils préfèrent la mort à César.

Le *Désespoir,* la statue de marbre de M. Perreaud, est l'œuvre d'un artiste savant et timide : un homme assis, le front bas, l'œil éteint ; un homme las de lutter, las de souffrir. C'est peut-être un artiste dévoré par l'impuissant désir de créer un chef-d'œuvre. N'est-ce point un amant qui pleure sa maîtresse morte, sa maîtresse vivante ? Et qui sait si ce n'est pas un citoyen que désespère l'abaissement de sa patrie ? Oui, le désespoir est la douleur des faibles. Allons, debout, pleurard, prodigue ton sang, retiens tes larmes ; plus de soupirs ni de prières stériles ; arme-toi, combats, sois vaillant et espère !

L'*Ophélia*, de M. Faiguière, n'est point la statue de la maîtresse d'Hamlet, c'est la statue de Mlle Nilsson. N'y a-t-il donc pas assez de marbre dans un buste ? n'y a-t-il pas assez de vers dans un madrigal ? Pas de statue, un buste en marbre rose : un sonnet galant, non un poëme ; pas de couronne, des fleurs à pleines mains voilà ce qu'elle demande, Christine Nilsson, ce qu'elle mérite.

Portrait de Mme Adelina Patti, marquise de Caux; buste en marbre, par M. Ludovic Durand. C'est bien, le livret dit vrai, le portrait de Mme la marquise, ce n'est pas la mignonne Patti; Rosine dans son ménage, ce n'est plus Rosine. Las! la Patti a des aïeux.

La *Cléopâtre*, de M. Clésinger, ralliera peu de partisans à la sculpture polychrome. Cette statue de Cléopâtre donne l'impression qui est produite par une belle fille fardée. Les bijoux qui la parent lui font tort. Sa richesse passe sa beauté.

Les œuvres de M. Clésinger sont nombreuses. Il a eu d'éclatants succès. Sans cesse, autour de lui, on parle de son génie, et il a l'oreille fine. Sans tenue, mais plein d'allure, s'il compte plus d'une chute, jamais il ne choit sur le nez. Inégal, capricieux, aventureux, détestable et charmant, il ne passe pas une année sans donner à ses ennemis la joie de le blâmer à propos, à ses amis de le louer avec raison. Sensuel avec raffinement, ses statues de femmes recrutent des volontaires pour Vénus. On n'en dira jamais assez de mal, on n'en dira jamais assez de bien.

La *Femme adultère*, statue de marbre de M. Cambos, est tout à fait charmante. Elle a un genou en terre et ses deux bras sont joints au-dessus de la tête ; elle se cache moins par remords que par terreur; effrayée, non repentante, elle semble bien plus détester les Pharisiens que son crime.

Sans vouloir trop vivement médire du *Diénécès mourant*, de M. Le Père, on est amené à penser que ce guerrier tout nu, casque en tête, a été l'objet des méditations de M. André Gill.

Il faut citer une statue de M. Ferrat, une *Fortune* aux larges seins, signe distinctif que mon confrère Eugène Montrozier explique par l'avidité des nourrissons.

Le *Monument à J.-D. Ingres*, par M. Etex, montre Ingres jetant sur son *Apothéose d'Homère* un dernier regard d'artiste avant de déposer le pinceau, ce tendre dernier regard où le ravissement se montre et l'inquiétude aussi. M. Etex a un talent inégal, fébrile, intermittent. Cet artiste trébuche. se redresse, change de voie, revient au point de départ, et bientôt se remet en route, jamais lassé. M. Etex ne laissera pas une œuvre grande peut-être, il laissera un nom.

Le *Réveil*, de M<sup>me</sup> J. Franceschi, une jeune femme qui a l'irrésistible grâce maniérée de la détestable Parisienne. Elle est belle et elle a de l'esprit. Bien assez l'on a dit que sur plus d'un visage charmant, la niaiserie sous la beauté se montre. C'est là un mensonge de femme laide ou d'amant rebuté. Il n'y a pas de jolie femme stupide.

La *Bacchante fatiguée*, de Marcello. laisse un doute sur le caractère de la danse sacrée qui a causé ce voluptueux épuisement.

Notons un buste de terre cuite de M. Déloye, un buste de vieille femme; à une vieille femme la terre cuite sied bien.

La *Resipiscenza*, de M. Cabet, est une œuvre exquise : c'est bien le demi-repentir d'une jeune fille qui a aimé.

Les gens de loi, les médecins et les gens du monde, les messieurs à favoris enfin, sont nombreux ; ils sont en plâtre, en marbre et en bronze. M. Jusserand expose le buste en plâtre d'un monsieur à favoris ; M. H. Prévost nous donne le portrait, en plâtre aussi, d'un monsieur à favoris ; le monsieur rit. Nous avons un conseiller à favoris, un conseiller de la cour de cassation, par M. Lévêque, buste en terre cuite ; un comte étranger à favoris, par M. Ginsky ; et le buste en marbre du docteur Déclat, un docteur à favoris, par M. Cougny. Des messieurs à favoris ; ah ! Pourquoi pas des dames à lunettes.

Spectable navrant ! coupables artistes !

Bien heureusement, il y a de jolies têtes d'enfants, de jeunes filles. Le buste de Mlle Marthe, par M. H. Moulin, est délicieux : une jolie fille songeuse. M. Aimé Millet a aussi rendu d'une façon charmante un modèle charmant. Mon confrère Louis Auvray expose un buste tout à fait réussi : une jolie fillette futée.

Quant au buste de bronze d'Alphonse Karr, il ne me satisfait point : le bronze est trop solennel pour l'auteur des *Guêpes;* la terre cuite convenait mieux ; le bronze est fait pour reproduire l'image de nos hommes d'État : Dupin aîné, si on veut ; Alphonse Karr, non pas.

L'habile M. Carrier-Belleuse expose une *Hébé endormie.* L'aigle de Jupiter étend ses ailes sur Hébé. On croirait bien plus à un souvenir de l'histoire contemporaine qu'à un groupe mythologique ; mais l'aigle est plus grand que nature, ce qui est une flatterie délicate. L'oiseau auguste « protége » le sommeil de la déesse de la jeunesse. Inutiles soins! Hébé est éveillée.

Le groupe de bronze de M. d'Épinay, la *Jeunesse d'Annibal,* nous montre le mâle enfant luttant avec un aigle. On s'intéresse à la lutte.

M. Oliva expose deux bustes, *Napoléon III* et le *Prince des Asturies.* Cet artiste de talent et de beaucoup d'esprit donne aux princes et aux souverains la couleur de l'ambre ; il sculpte les sujets en simple marbre blanc.

M. Barre expose une jolie statuette, *Mme la princesse Mathilde* avec un petit chien à ses pieds. Grâce au *Journal officiel* et à M. Théophile Gautier, nous savons que ce petit chien a nom Tom, et que la qualité particulière de ce joli animal est la familiarité avec les poëtes.

Un beau groupe de M. Cain, *Tigre terrassant un crocodile.* Parmi les animaliers, il en est qui affectionnent les bêtes qui donnent la patte. M. Cain aime les bêtes qui montrent la dent. Ainsi que M. Cain aime les bêtes, j'aime les gens.

---

*Mme Roland se rendant au tribunal révolutionnaire*. Un malin rédacteur de la *Gazette de France*, M. Jean-Paul, émet cette opinion : « Je soupçonne M. Dauban d'être un Girondin, et ce qui ne nuit pas à l'hypothèse, c'est qu'il est maladroit, mais sincère et passionné. »

Non, M. Dauban n'est pas un Girondin : les Girondins voyaient Mme Roland avec d'autres yeux. On a avidement lu les lettres de cette femme forte qui était une charmante femme, et on lui a découvert un amant. — Eh quoi ! un amant seulement ! Mme Roland n'a pas eu un amant, mais dix, mais vingt amants; ce n'est pas à un Girondin qu'elle s'est donnée : elle s'est donnée à la Gironde.

M. Ch. Müller, lui, est de l'extrême droite. Son *Lanjuinais à la tribune* en fait foi.

M. Andrieux pourrait bien être un Montagnard. Son tableau n'est pas une vulgaire scène de drame : *La journée du 9 thermidor an II*; *la Convention refuse d'entendre Robespierre*. C'est une esquisse mouvementée et expressive. C'est bien ce Robespierre jugé diversement par M. Michelet et M. Louis Blanc, et que personne ne connaît. Et on ne le connaît point, parce que ne s'étant jamais attendri, il ne s'est jamais livré. Une larme de Robespierre, un cri d'amour, un élan passionné, une étreinte fraternelle, non ! mais nous connaissons la Déclaration des droits de l'homme, cela nous suffit.

Le *Robespierre à la tribune*, statue de marbre, de M. J. Rousseau, nous montre exactement le masque de l'homme.

La statue de *Mirabeau à la tribune*, de M. Truphème, a de la vie et du mouvement. C'est bien là cette laideur qui n'épouvantait que les ennemis du tribun. Cela est consolant pour plusieurs individus de le savoir souillé et de le voir si laid. C'était un débauché et un prodigue, oui; mais je demande qu'on se le rappelle, il y a eu quelque chose de construit de son temps, et il y a la marque de la forte main de Mirabeau dans la bâtisse.

La légende napoléonienne transporte, passionne un petit groupe de citoyens. Quelques artistes se dévouent à leur donner satisfaction, mais sans réussite franche.

M. Jacquand nous montre le général Bonaparte au chevet du domestique nègre qui le servait à Nice. Le nègre est malade; il va mourir : « Le général Bonaparte ne quitte le chevet du lit qu'à la mort du nègre. »

Ce tableau cause quelque surprise, et

l'effet produit est inattendu. Ce sont les gens qui ont la foi qui montrent de l'humeur, tandis que les sceptiques s'abandonnent à une douce gaieté.

M. Beaume nous montre Bonaparte devant Toulon, la veille de l'attaque.

M. A. Dumaresq, Napoléon la veille d'Austerlitz.

Enfin M. Brown, Napoléon, le 17 juin 1815, la veille de Waterloo, à Ligny.

Je crois, en présence du résultat obtenu, que le Napoléon de la légende et le Napoléon de l'histoire importent peu à MM. Lewis Brown, Dumaresq, Beaume et Jacquand. Le Concordat ne les intéresse guère, et la gloire militaire les laisse froids. Quand ils ont fait un Bonaparte qui rappelle suffisamment le médaillon par David d'Angers, ou un Napoléon qui ne diffère point trop du Napoléon de Louis David, leur « clientèle » est satisfaite.

Les artistes aiment les héros en temps

opportun : il y a toujours de l'à-propos dans leur enthousiasme. Un bon artiste n'est pas exclusif, mais un bon citoyen c'est un trouble-fête : on ne peut pas illuminer sans qu'il gronde, ni chanter un *Te Deum* sans qu'il raille, ce qui est tout à fait malséant.

M. Patrois a traité le sujet suivant :

« Le général Bonaparte fait sa première visite à M^me^ de Beauharnais et accorde à son jeune fils la permission de conserver le sabre de son père. »

Passons.

M. Viger expose les *Loisirs de la Malmaison.*

Sur le devant du tableau, le prince Louis joue avec des moutons en bois peint, des moutons qui ne bêlent pas, des amis du premier degré.

Le pinceau et le ciseau ne sont pas des outils à tout faire. Que l'artiste prenne parti et fasse œuvre de citoyen. Que le marbre et le bronze servent à l'artiste à confesser sa foi. Plus de panégyrique, plus d'apothéose, plus d'oraison funèbre. Qu'il n'y ait pas d'atelier si bien clos que les bruits de la rue n'y aient un écho. On dit que l'homme qui se désintéresse le plus de la chose publique, c'est l'artiste. Qu'on ne le dise plus.

# NOTES

## SUR L'EXPOSITION DES BEAUX ARTS APPLIQUÉS A L'INDUSTRIE.

— 1869. —

L'utile a du bon : mangeons de la soupe sans beurre, soit ; mais que notre écuelle de quatre sous sorte des mains d'un potier artiste. Il faut s'habituer, il est vrai, à voir Sancho, Falstaff et Gorenflot en pots à tabac. Sans doute, cette belle bedaine les désignait à cet office. Ici les monstres se rendent utiles : on en fait des gargouilles ; les lions lancent un jet d'eau : un robinet se cache dans leur crinière ; ici toutes les bêtes féroces sont domptées, elles ne font point songer à ces deux vers étonnants de Luce de Lancival :

Il fallait braver l'ours à la forme effrayante,
Le sanglier armé de sa dent foudroyante.

Les griffes de tigre font de beaux fermoirs de missel; le jaguar est un bon presse-papiers, et les dogues sont recherchés comme garde-cendres. Au fond des assiettes, des tableaux de genre ; des tableaux d'histoire au fond des plats. Diane au bois plaît comme descente de lit, et l'on voit, avec quelque surprise, Apollon porte-flambeau.

Une des parties les plus intéressantes de cette Exposition des Champs-Élysées, c'est le *Musée oriental*. Avant d'entrer dans ce musée, on se trouve en face de la vitrine de M. Froment-Meurice. D'un côté, une grande pendule faite pour marquer les heures lentes à s'écouler ; de l'autre, deux têtes d'enfant sur un même socle, ce qui fait penser à l'enfant à deux têtes et prépare à voir les monstres visibles au *Musée oriental*.

Les Chinois et les Japonais, notamment, sont inventifs en ce genre. Pour sculpter un monstre de choix, ils font dix emprunts ingénieux : le lion donne sa crinière, le léopard sa robe, l'aigle ses ailes, l'homme sa face, et le poisson ses nageoires; ce monstre peut voler, nager, parler, rugir et mordre, il est complet. Ce qui est le plus varié, le mieux imaginé, c'est la queue de l'animal : elle se déroule, elle se noue, elle s'arrondit, elle se dispose en éventail, en parasol, en houpette. Dans l'art chinois, le monstre est partout; tous les vases sont sur pattes, et les anses sont formées de serpents enroulés ou de trompes d'éléphants.

Parmi ces monstres, il en est de plaisants, d'effroyables, d'avenants; ils font rire, frémir ; ils font pitié.

Le collectionneur est jaloux et envieux. Écoutez-le. La robe de mandarin du voisin a été tissée à Lyon, c'est notoire. Lui, celui qui vous parle, il est l'heureux possesseur d'une robe de Chinois, depuis la prise de Pékin; voyez ces petites taches de rouille dans la jupe, c'est du sang de mandarin.

Le véritable amateur de curiosités est moins ravi qu'attristé de voir ses trésors ainsi exposés en public; l'honnête amant est discret. Celui qui, d'une seule fois, est devenu propriétaire d'une collection, ne connaît point ces exquises jouissances; ce qui est sans prix, c'est de s'enrichir petit à petit, de mettre trente ans à former un cabinet; c'est le côté délicat de la possession. Alors on s'étonne que le visiteur admis à franchir le seuil sacré soit seulement intéressé, non ébahi. Cet amateur n'est pas ridicule, car un collectionneur doit avoir des connaissances variées, de la patience et de l'argent.

De quel œil attendri M. E. Dutuit contemple la croix de Théodoros, prise à Magdala, cette croix, son bien à lui, M. Dutuit !

Interrogez M. Jules Jacquemart sur sa collection de chaussures chinoises. On y voit les basses bottes des Chinois, si larges, ces bottes, qu'elles servent à serrer l'éventail ; les souliers aux épaisses semelles qui, relevés à la pointe, tiennent les doigts écartés ; les souliers de Chinoises, des souliers à talons de bois ; des pantoufles brodées et des sandales d'osier. Il y a là des chaussures pour tous les pieds chinois, sinon pour tous les pieds français.

L'art indien a des monstres aussi : ses dieux. La beauté a seulement quelques types ; la laideur est d'une étonnante variété. Les yeux louchent de dix façons ; il y a nombre de manières de porter la bosse : un boiteux d'un autre boiteux diffère ; un vilain nez s'allonge, se retrousse ou s'épate.

Cette exposition nous montre la laideur sacrée des dieux Brahma, Siva, Vishnou. Le dieu Siva a la peau blanche; il a trois yeux et quatre bras. Son épouse a plusieurs noms et divers attributs : c'est le mariage d'un symbole et d'une abstraction. Il y a dans l'Inde autant de dieux que de fléaux; tout ce qui est à redouter prend un caractère divin.—Dieu Siva, pourquoi avez-vous quatre bras? — C'est pour mieux t'embrasser. — Dieu Siva, pourquoi avez-vous une si grande bouche? — C'est pour mieux te dévorer.

Les dieux indiens sont là sous chaque vitrine et sur toutes les tapisseries. Le dieu Brahma grimace sur la soie et le drap d'or. Le dieu Vishnou sert de cachet aux fidèles, et la hideuse Teivané, une divinité tendre, scelle de son orteil difforme les missives amoureuses de galants Hindous.

En compagnie des dieux, les artistes indiens placent les colibris au plumage doré, les perroquets, les singes, les lézards, les caïmans, non l'homme, ce malheureux qui n'a que deux bras et une seule tête.

Une chose est à redouter : nos artistes sont un peu lassés peut-être de chercher la beauté, et c'est là la grande tâche ; s'ils allaient s'éprendre des divinités à deux têtes et à quatre bras !

A cette Exposition, il y a d'admirables châles indiens. Savamment drapé, le châle donne à la démarche une allure noble et aisée. Jeté négligemment, il glisse jusqu'à la ceinture ; alors le buste émerge élégamment des rosaces et des palmettes ; le col se dégage, les bras se montrent à demi, et la main qui retient le châle se dessine avec grâce.

Les tapis persans sont chauds de ton, sans grand ramage ni vive opposition de couleurs. Avoir un tapis de choix, quel luxe ! Tant qu'on a un tapis, on est riche. Avant de se passer de tapis, le vieillard devrait vendre son fauteuil, la jolie femme son miroir.

M. Jules Jacquemart, qui a une si plaisante collection de chaussures japonaises et chinoises, expose aussi une belle collection de chaussures indiennes. Des grandes bottes souples, des babouches lamées d'or, d'argent, des souliers en argent ciselé, en velours brodé, en soie, en nacre de perle, en bois des îles. M. Jules Jacquemart me paraît avoir une façon originale d'étudier l'homme : il le juge au cou-de-pied ou à la cheville. Un gros pied le renseigne, et un grand pied l'instruit. Président de cour, il ferait déchausser les prévenus.

La collection des tabatières chinoises de M. Bigot est intéressante. Il y a là sous une vitrine spéciale cent cinquante tabatières de formes variées. C'est à croire que M. Bigot a fait un traité avec une compagnie de ténors et de barytons chinois bien en cour. Mais notre amour-propre national n'est pas atteint : n'avons-nous point la tabatière en écaille, la tabatière en corne, la tabatière en ivoire, la tabatière en argent, la tabatière en or, la tabatière à musique, la queue-de-rat, et surtout la tabatière en papier mâché, cette tabatière si appréciée qui assure une jolie dot aux jolies filles de Sarreguemines?

Les musiciens s'arrêtent devant une basse annamite qui leur donne à rire; mais il ne faut pas la juger sans l'entendre.

D'amusants spécimens de l'imagerie japonaise. La *Toilette d'une Japonaise* fait sourire les Parisiennes. Sur une autre feuille, une Japonaise gros-bleu jette dans l'eau vert-foncé d'un cuvier un bizarre poisson couleur jaune serin. Yeddo n'est pas bien loin d'Epinal.

Les porcelaines chinoises avec armoiries retiennent les descendants de Confucius de rire des petits-fils de Voltaire.

A la porte du palais des Champs-Élysées, le *Pégase*, de M. Lequesne, destiné au nouvel Opéra. Le cheval ailé est plein de vie, il désarçonnerait M. Camille Doucet.

Une des salles est tout entière à M. Dutuit, de Rouen : on y voit une belle et rare collection de gravures de tous les temps.

C'est bien l'histoire de la gravure depuis le quinzième siècle, depuis que, pour la première fois, on a tiré épreuve d'une plaque, jusqu'à la fin du siècle dernier.

Les artistes du quinzième et du seizième siècle appartiennent à l'art religieux. De doux Jésus en croix expirent sous le burin de tous ces artistes.

Jésus meurt, les anges recueillent le sang qui coule des plaies de leur Dieu, et Marie reçoit les larmes qui tombent des yeux de son fils. Le plus souvent, le Christ est grêle et décharné ; c'est à penser qu'on l'a tué alors qu'il allait mourir ; quelquefois aussi la Vierge semble être la sœur cadette de Jésus.

N'importe, ces premiers et naïfs essais sont intéressants ; toute maladresse d'exécution disparait, l'impression est produite, ce qui amènera peut-être nos graveurs à croire que la bonne disposition des tailles c'est la petite affaire, et que l'on peut passer adroitement du carré au losange sans être un véritable artiste.

Un reflet de l'art oriental se montre dans quelques-unes de ces naïves compositions. On voit un Christ de bonne maison et une Vierge femme de qualité, ce qui est un commentaire inattendu des évangiles.

A côté des légendes de la foi, quelques combats. Là rien qui soit emprunté à la brutale réalité : un guerrier a eu la tête tranchée; la tête, séparée du tronc, ne cause ni pitié ni terreur; les traits sont calmes, les yeux calmes aussi; aucune goutte de sang ne tache un col proprement tranché. Quelques chasses : des chasseurs de pauvre mine enfourchent des chevaux poussifs; on ne peut croire à un grand carnage.

Le narquois Jacques Callot touche aussi

aux légendes de la foi. M. Dutuit possède une très-belle épreuve de la *Tentation de saint Antoine.* Le saint n'est pas fort exposé : une envoyée de Lucifer, une femme, sans grande beauté, entreprend de le faire damner. Triompher de la tentation demandait peu de vertu : Lucifer n'est pas un ange déchu, mais un diable déchu ; le groupe de M. Carpeaux au nouvel Opéra expose bien plus les saints et les hommes. Que dirait-on de M. Nestor Roqueplan si dans une des féeries de son théâtre, il ne faisait pas donner le corps de ballet ? Dans la *Tentation de saint Antoine*, pas de femmes, des diablotins en belle humeur. Un diable, au moins irrévérent, met le feu à un amstrong à quatre pattes qui lance par la queue tout un arsenal de poignards, de sabres et d'épées. Un autre diable souffle au derrière d'un cochon qui en prend peur. Un grand diable cynique montre suffisamment qu'il est plus tenté que saint Antoine.

Une autre composition de Callot, les *Supplices*, avec conseil humain :

Voy, lecteur, comme la justice,
Par tant de supplices divers,
Pour le repos de l'univers,
Punit des meschants la malice.
Par l'aspect de cette figure,
Tu dois tous crimes éviter,
Pour heureusement t'exempter
Des effectz de la forfaicture,

Ces supplices ne sont pas tant à redouter. Il y a là toutes les bonnes et ingénieuses façons de nous guérir du choléra, de la gravelle, de l'hydropisie, de l'hypocondrie, de la folie et des chagrins d'amour.

On nous rompt les os, on nous étrangle. on nous pend, on nous coupe le cou, oui, mais en présence de gens empressés à venir nous faire compagnie ; et si nous mourons de la fièvre ou de la colique, une douzaine de gens distraits nous assistent en maugréant.

Mais c'est là un long discours pour un

petit auteur. Le petit auteur n'a pas beaucoup de lecteurs, ce qui est un sérieux avantage. Il n'a pas à élever la voix, il peut s'abandonner, être simple, familier même; à lui de prendre le ton aimable de l'entretien en petit comité, ce qui à la grâce du parler à l'oreille. Les vers du petit auteur, on peut les apprendre et les dire; personne ne les connaît, ils ont le charme de l'inédit. Et puis il n'effarouche aucun; son ambition est de bien tenir le bout de table. Quand il lui échappe une sottise, qui le sait? si peu de gens! Non, la part du petit auteur n'est pas mauvaise, et cependant que cela doit être doux : être rencontré par un ami qui s'écrie : « Tiens! c'est Dolent! bonjour. » Et que deux passants, à ce nom, s'arrêtent, ouvrent grands les yeux, l'un l'autre se cherchant le coude... Instant délicieux !

FIN.

DU MÊME AUTEUR



EN PRÉPARATION :

www.ingramcontent.com/pod-product-compliance
Ingram Content Group UK Ltd.
Pitfield, Milton Keynes, MK11 3LW, UK
UKHW021052260726
13994UKWH00002B/518

9 782329 379999